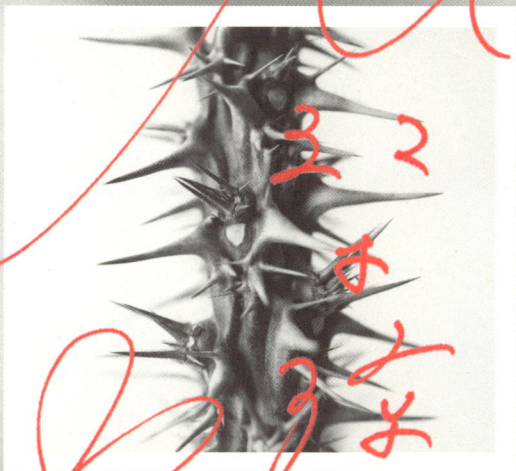

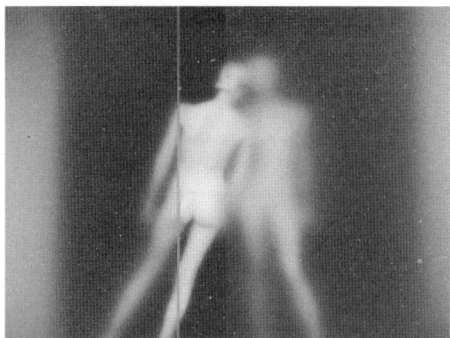

愛と子宮に花束を

鈴木涼美

一頁 folio

始 于 一 页 ， 抵 达 世 界

给 爱 与 子 宫 的 花 束 / [日] 铃 木 凉 美 著 薹克译

广西师范大学出版社

· 桂林 ·

图书在版编目（CIP）数据

献给爱与子宫的花束/（日）铃木凉美著；蕾克译. ——
桂林：广西师范大学出版社，2023.4（2023.4重印）
ISBN 978-7-5598-5853-5

Ⅰ.①献… Ⅱ.①铃… ②蕾… Ⅲ.①随笔－作品集－
日本－现代 Ⅳ.①I313.65

中国国家版本馆CIP数据核字（2023）第033629号

AI TO SHIKYU NI HANATABA WO——YORU NO ONESAN NO HAHAKORON by
SUZUMI SUZUKI
Copyright © 2017 SUZUMI SUZUKI
Original Japanese edition published by GENTOSHA INC.
All rights reserved
Chinese (in simplified character only) translation copyright © 2023 by Folio (Beijing)
Culture & Media Co., Ltd.
Chinese (in simplified character only) translation rights arranged with
GENTOSHA INC. through BARDON CHINESE CREATIVE AGENCY LIMITED

著作权合同登记号桂图登字：20-2023-008号

XIANGEI AI YU ZIGONG DE HUASHU
献给爱与子宫的花束

作　　者：（日）铃木凉美　　　特约编辑：徐　露　赵雪雨
译　　者：蕾　克　　　　　　　装帧设计：汐　和 at compus studio
责任编辑：彭　琳　　　　　　　内文制作：陆　靓

广西师范大学出版社出版发行
　广西桂林市五里店路9号　　邮政编码：541004　　网址：www.bbtpress.com
出版人：黄轩庄
全国新华书店经销
发行热线：010-64284815
北京华联印刷有限公司印刷
开本：860mm×1092mm　1/32
印张：8.75　字数：100千字
2023年4月第1版　　2023年4月第2次印刷
ISBN 978-7-5598-5853-5
定价：59.00元

如发现印装质量问题，影响阅读，请与出版社发行部门联系调换。

写　　　在　　　前　　　面

夜晚，我恋慕灰姑娘式的不幸

灰姑娘，白雪公主，莴苣公主，睡美人酱，格蕾特姑娘。我能同情她们的不幸，也能祝福她们把不幸当作向上的阶梯后赢来的幸福。她们都挣脱了如果不变形为继母或女巫甚至无法在故事里获得角色位置的不幸诅咒，赢得了爱、自由、财富和幸福。

有时我也不屑，"期待白马王子？那不是古代童话吗"，可是，如果能借好男人的力量改变"快穷死了"和"四面八方都受限"的悲惨境遇，岂止很好，简直堪称聪明绝顶。我听过无数三十岁前后的女人抱怨世上没有白马王子。其实和白马王子没关系，在我看来，她们只是缺乏操纵程度尚可的路人男的本事。

白雪公主也好，灰姑娘也罢，我赞同她们凭借狡黠伶俐和韧劲儿获取了应得的幸福，同时也稍微有点儿嫉妒。她们太精明了。我不是嫉妒她们的获取，而是嫉妒她们"精明"地摆脱了原本的不幸。

在夜场小姐里，类似灰姑娘的女孩要多少有多少。如果加上不太熟的朋友，我知道有的女孩换过三个爸，有的女孩在福利院长大，有的女孩和兄弟姐妹血缘不通。她们走她们的路，有时一丧到底，有时把人生过得很棒，时暗时亮，气度始终非凡。

与她们相比，当然也有很多小姐并没有必须摆脱的痛苦咒缚，我就是其中之一。我以为自己进了铁笼子，其实我的笼

IV

子从未上过锁，或者说，有时还会觉得笼子里挺舒服的。然而，我们时常为之烦恼的，是说不清道不明的咒缚，以及怎么也摆脱不掉的争执与不和。同样，我们时而一丧到底，时而得意扬扬，气度始终非凡。

其实不用分开说。有些不幸，只有生于"复杂"的人才能体会；有些不幸，是生于"幸福"之人的专享。复杂和幸福，都要挂上双引号。有人就算能美颜改头换面，搬至新住处，可最终还得用原生环境和原生肉体去浴血相拼。就是这种地方特别有意思。我生来与灰姑娘式的不幸境遇无缘，说真的，有时我甚至很憧憬这种不幸。

说起母亲，我和好朋友们境遇差不多，都拥有那种在小孩发烧生病时不会怒吼"少废话赶紧去打扫楼梯"而只会做病号粥的母亲，一直到孩子上高中在金钱上仍百分之百予以支援的母亲。母亲准备温暖的床铺，打扫我们凌乱的房间，就算有时开骂，却没下过毒，不会把孩子驱赶到寒冷逼人的铁皮储物小屋过夜，也从未想过把孩子抛弃到深山角落。大体说来，我们这种人的不幸，是说不清道不明的，模糊难辨，温吞吞的。也许难称不幸，可就是摆脱不掉。可能在某个晚上，我们会为此难受得要死，但也只是这种程度而已，第二天起来，就那么回事儿，也不算太坏吧，有时还能比个桃心 ❤。我们的不幸就是这么暧昧难言，又分寸绝佳。

话虽这么说，如果让我们抱着"嗯，大体说来还算幸福"的想法度过每一日的话，我们也不乐意，心情多少有点儿复杂，反而把事情想得更深。不然，我们也不会主动踏入遍布地雷的夜世界，不会在男人和摄像机前穿什么性感泳装或者脱光光，不会给陌生男人倒酒，不会投怀送抱。然而，就算我们踏入之后，夜晚的世界和原生家庭也不是完全隔阂的。

我们不自由，虽然不到盼望出现命运大逆转的程度，却另有枷锁，总能感到脊骨和皮肤之间藏着母亲的咒缚，忍不住骨寒毛竖。母亲们像靠山，充满影响力，大致称得上温柔，虽不冷漠如陌生人，但也没有亲密纠缠到令人窒息。她们在施展另一种神秘难言的魔法，永不停歇，向我们挥洒着叫作爱的粉末。

*

1950 年，我母亲出生于东京近郊的殷实商人家庭，在经营割烹旅馆[1]的外婆粗杂而确切的爱之下长大成人。母亲上的是初中高中一贯制的公立女校[2]，高中时参加了去澳大利亚留

1　提供饭食的日式旅馆和料亭（一般日式餐馆都可以叫料亭，但通常料亭指的是提供日式餐饮的高级传统餐馆，单间私密性好，客人中多见当地财界政界人士，可以召唤艺妓陪客助兴）。——译者注。除特别注明外，本书注释皆为译者注。

2　日本的公立中学大多是初中高中分校制，初高一贯制的学校通常是比较好的学校。东京都内的公立女子高中只有御茶水大学附属中学，是东京都内最好的高中之一。

学的课程。由此可以看出，外公虽是谨慎本分的商人，却非常理解学问的重要性，教育有方，将我母亲培养成了一个有为之人，送她走入了社会。

母亲上大学时一直沉迷话剧团演出，充满了七十年代的文艺香气。她比别人多花了两年时间从基督教系的私立大学毕业。之后，入职著名化妆品公司和广告公司做文案策划。我出生时，她的收入远远超过刚当上研究学者的我爸。我爸从临时教师转为常勤时，我还是时刻需要人照料的婴儿，由此母亲暂时辞掉正式工作，开始做翻译和一些短期工作。趁着随同我父亲去英国研修的机会，她在英国大学上了硕士课程，成了儿童文学领域颇有建树的研究学者。

我一心觉得，母亲比我稍微优秀一些，卖点更好看。她出生富裕之家，明明已经没有校招资格了，却进了好公司，做着充满创造性的工作，老公后来收入相当不错，附带一个可爱而优秀的女儿（我）。我还好，没有患上那种因为母亲过度完美而从小迷失自我的少女漫画主角综合征。

"我和你爸不一样，我不招人讨厌，因为我不是做学问的书呆子，不在东大，我的公司在银座呀，我可是银座那种地方挨打磨炼出来的。"

她话里带着小得意，没有全盘否定，也没有照单全收式的幸福知足。不管别人怎么看，她总觉得自己还差最后一步，没能彻底得到满足。不管别人怎么看，她觉得自己不如自己的女儿。比如，她给女儿打造了一个知识分子家庭环境，她自己却出生在看客人脸色挣钱的嘈杂商家，没接触到高雅的知性香气。女儿在高级私立小学当了学级委员如鱼得水，她当年在寒酸公立小学拼命学习却和同学搞不好关系。

虽然我们各怀心思，关系微妙，但她并没有让我难受过。母亲有时谴责我，语气尖酸；有时安慰我，话语里掺杂着几乎过剩的爱。尤其让我感激的是，她从来没有紧密纠缠我，没有让我无法呼吸。

说了这么多，其实最关键的是，以结果论，从小到大，我想要的东西全部得到了。虽然她每次都严肃地要求我必须用严谨的语言解释清楚为什么想要那个东西。

就是这个虽然麻烦却让我恨不起来的妈，我人生中有两次感受到了她眼神里的强烈憎恶和怨恨。

第一次是考小学之前、上补习学校时。

我和我妈都把那所补习学校叫成"学习班"，那时我们住在东京都中央区的某公寓，去学习班要换几次地铁。我和我妈当时觉得考私立小学很傻气，可能因为我爸坚持，我们才晕乎乎地跟进了。至于我，当然没有心生感激，也没特别难受，之所以态度这么平淡，可能和我妈的冷笑态度有关。

有一天，我妈的熟人带着儿子来参观学习班。我在家长等候室见到那个阿姨时，因为害羞，没敢开口问候。于是，我妈坏心情加一。就在我和阿姨的儿子一起上课的空档，阿姨送给我妈一盒点心之类的小礼物，上完课该回家了，两家人自然而然地一起去了地铁站。我妈在路上告诉我："对了，刚才收到人家一盒小点心呢。"而我没能立刻向阿姨致谢。于是，我妈坏心情加二。两家在地铁检票口告别，阿姨停下脚步，貌似在等我致谢、说再见，见她这样，我更说不出口，索性没吭声。于是，我妈坏心情加三。

阿姨的儿子乖巧伶俐，亲热地对我妈说："阿姨，拜拜！"而我连手都没挥一下。和他们分开后，在我妈坏心情达到顶峰的瞬间，地铁进站了。我想去拉我妈的手，她恶狠狠地甩开我，高声喊出："滚远点儿！你根本不是我女儿！"我害怕在地铁站里迷路，只能拼命地跟在她背后，不敢落下，好不容易和她上了同一辆车。直到下一个换乘站，她都没有理我。

这是第一次。

第二次是我十九岁刚拿到驾照时。

那会儿我是大学一年级新生，还住家，每天开车去藤泽市的校区[1]上课。开车渐渐手熟了，我便掉以轻心，脚踩细高跟鞋，嘴里叼着烟，单手扶方向盘。我考上了想去的大学，头发染了喜欢的颜色，人生一帆风顺，结果有一天在上学路上，我用巨大音量放着一张"公主混音盘"[2]，开着快车撞到路边护栏上，车毁得相当厉害。

那辆车是五十铃Piazza，给我之前，我爸已经开了十几年。我家用车不算频繁，平时集体外出或温泉旅行时，都开这辆车。

1　此处指的是庆应义塾大学，是日本历史最悠久的私立综合性高等教育机构。

2　作者自注：公主混音盘，简称"姫トラ"，是当时脸蛋可爱、头脑平平的辣妹们都喜欢听的混音舞曲，同系列还有牛郎混音盘，不用说，有低智而帅气的牛郎参加。

车已经旧了，本该淘汰的。但我爸觉得，我刚拿到驾照，难免蹭刮，先开旧的吧。

我好不容易把半毁的车开回家，不想把事情弄大，就悄悄开进了车库。半夜我爸回来看见之后，发出超乎我想象的哀伤叹息。不是总有人说嘛，男人喜欢用座驾来承载自尊心、回忆和浪漫幻想什么的，就是这样子。明明是他预见我可能会弄坏，才没扔旧车，留下给了我，没想到现在闹得这么大，尴尬之下我不由得说了句，"都是我不好"。

我妈本来对男人的座驾幻想没什么感觉，刚开始她也只是嘟嘟囔囔、不太高兴，后来听到我爸带着哭腔说"要是你养的猫断了腿回到家，你能心情平静吗"，她便像堤坝决了口，开始疾风暴雨般冲我怒吼。简直听不清她在吼什么，只勉强辨别出一句"你给我跪下来道歉"！其余留在我记忆里的都是她愤怒扭曲的表情。

XIII

这件事没法收场。从那天开始，我离家去各个朋友那儿借宿，后来求人在夜总会小姐宿舍找到空位住了进去，和父母三个月没通音讯。三个月后倒是恢复了联系，但自那时起，我开始一个人住，至今也没有搬回去。

其实谈不上内心创伤，也不至于从此关闭心门、性格大变、不再相信别人什么的，然而，每当我觉得自己干了不道德的事，或选择了有愧于父母的人生方向时，就会把这两件事拿出来，在心头细细地走两遍。

*

我们都是迷路误入夜世界的女孩，其实并没有什么简明易懂的共通心结。醉醺醺的姐姐们在夜总会更衣室里的共通话题，无非是同居男友，从前的男人，不顺眼的女熟人，讨厌的

XIV

客人，店里的男主管之类的。绝口不提父母亲人，仿佛他们消失了。即便假装有事请假，都不拿家人当借口。

非要翻找的话，谁都和家人发生过龃龉，闹过在车站里被狠狠甩开手程度的别扭，心里有无法驱散的郁结，即便如此，也在此之上建立了与家人的关系。或者说，也许有人短暂放弃了与家人来往，或者原本就没有来往，也只是她们暂时给自己脊骨后的东西加了盖子，遮住不去理睬，先用自己的脚走自己的路，爱上哪个男人，遭遇背叛欺骗，或自己主动背叛，把这种事当话题挂在嘴边，竭尽全力不去碰触藏在脊骨后的东西。

只要走进夜晚就会暂时忘记其他，越在炫亮耀眼的狂乱世界里深陷，在把空虚当作高洁来崇拜的世界里停留得越久，就越触及不到那个东西。之所以盖上盖子，并非出于憎恶，也不是想掩盖痛苦，单纯因为那个东西与夜世界无缘。那个东西充满了泥土和米糠味噌的气息，充满了汗臭，去不掉，抹不净，顽固地霸在那儿，是未经美化的现实。而夜世界的每一天就像香槟气泡，兴奋地鼓起又迸裂消散，那种顽固只显得不搭调。

其实我们心里都明白的，早晚有一天，我们将与充满人间臭气的倔强之物正面对峙。正因为心里明白，所以能拖延就拖延，把盖子筑得更牢靠。我们用和朋友网聊十分之一的速度给父母回信。父母说"你偶尔也回来一趟啊"，我们接受好意，偶尔回去看看。我们把父母的话尽量当作耳边风，快递来的食物原封不动地塞在橱柜里，过年时回家几天，如果可能的话只想和电视机脸对脸。

我们因为背负着脊骨上的那个东西，所以才投身夜晚的世界，但这不意味着我们走不出来。通向白昼的路就在那儿，驻留何处的选择权一直在自己手里。需要向外界解释时，和父母的争执分歧就成了再合适不过的借口。无论是我们还是外界，都会先从家庭关系谈起，反抗父母，对父母怀有复杂感情，想报复原生家庭，等等。谁的衣服兜儿里都揣着几个诸如此类牵

XVI

强附会的理由。然而事实是，就算没有理由，人也会主动做反常的事。

所以我们把选择归咎于原生家庭，多半是骗人的，是事后才想起要这么说的。无论如何，自从投身夜世界，藏在我们脊骨后的东西变得稍微复杂了。毫无疑问，母亲们生下我们时也曾全身心地祈祷过我们的幸福，并在心中为幸福下了限定性的定义。就拿我妈来说，我妈是个喜欢把一切都整理成语言的人，直到最近，她嘴边一直挂着一句话："你要是因为诈骗或者搞恐怖活动被抓住了，我都能尽全力和你站在一起。你要是当 AV 女优，那就算了。"

*

会有那么机缘一刻，让我们短暂离开狂乱，去嗅人间臭气。在那一刻到来之前，母亲和女儿会一次又一次地妥协让步，流

XVII

露不满，出尔反尔，表面上让步，实际上应付。那一刻迟迟难来。只要停留在夜晚的世界里，生活好像也还可以，只是其流速飞快无比。

有时外人会说："那姑娘，除非爹妈都死了，她才有可能洗心革面。"其实就算父母死了，也未必能把我们从那个霓虹闪亮的地方剥离出来。我们迷途而入的世界有强劲的抓力，抓住了谁，绝不轻易松手。有的人一辈子也碰不上那机缘一刻。

"对不起，我还有很多事想告诉你，可是没有时间了。"

我妈拖着日渐衰弱的身体，反复说着这句话。她做完第一次癌症手术时我开始写这本书，过了一段时间，她癌症复发，在我写完这本书的半年前去世了。而我，再过一个月，便要跨入她生下我的那个年龄。

XVIII

目　　次

I　　**我和母亲**

　　　　失乐园里的麦迪逊廊桥　　3

　　　　指尖上的春药　　13

　　　　我的他，是做饮食业的～♪　　21

　　　　如此说来还没在梦里上过床　　29

　　　　苍蝇在世界的中心搓手乞命　　38

　　　　本月赊了多少账？　　46

　　　　风化彩虹大桥！　　55

II 母亲们和女儿们

血亲的新年，说起来挺残酷的 69

老妈，来干掉这杯龙舌兰酒 78

还能忍住眼泪织下去就知足吧 87

濒临破灭的嫁人情结 94

怀孕和分娩之间 102

超凡的妻子们 109

将过剩的腻烦抛掷到忘却的远方 117

和妈妈一起做 123

北方父母家来信 135

非在场与时间 148

三十三岁的热血之路 161

最后所有人都消失了？ 172

Ⅲ　再一次，我和母亲

好可怕啊，鬼怪出没的病室　185

拔丝红薯狂想曲　195

不穿虽可耻但有用　206

如果阴蒂被割　221

混搭装扮的悼念　231

写在最后

既不是蠹蜥，也不是人　243

I

我　　　和　　　母　　　亲

失乐园里的麦迪逊廊桥 [1]

　　世上有些问题没有答案，思考答案纯粹是浪费时间。正因为浪费时间，才可以在闲得发慌时拿出来讨论。其中最有代表性的二选一提问，就是 A 屎味咖喱，B 咖喱味屎，你选哪个。我这种想不开的人，每次在居酒屋和别人短暂热烈讨论之后，还会带着问题回家，直到第二天还在翻来覆去地琢磨。

1　《失乐园》，1997 年刊行的渡边淳一的小说，后被改为电影和电视剧，成为热门话题。由此"失乐园"成为日本男女感情出轨的代名词。《麦迪逊之桥》，1992 年刊行的罗伯特·詹姆斯·沃勒的同名小说，1995 年改编为电影《廊桥遗梦》。

上面的二选一，居酒屋里的结论大多是 A。理由为 B 从根本上来说是排泄物，并非食物，A 却是味道恶劣的食物。无论什么聚会，都会有人说出这种貌似冷静而理性的话。

但我又会想，女优拍完成人网站的嗜粪片之后，也许会得严重的食物中毒症，却不致死。而有人吃过毒咖喱后确实死了。由此可以推理，屎味是咖喱发出的警示信号，提醒人们不可以吃。那么干脆一闭眼，就当自己是嗜粪癖，把价值观改为 B，是不是更好……因为 B 意味着生存。

我不是嗜好这个，才说这么一大通咖喱味排泄物的话。换成最通俗的二选一，那就是 A 贫穷帅哥，B 猥琐财主，你选哪个。但我想说的也不是这个（每次说到这个话题，立刻有人出来打岔，说什么"又穷又相貌猥琐，但心眼儿好，这种怎么算"，或者"只要有本事就行，其他不考虑"），我最近想起来的，是我妈针对感情出轨提出的二选一。

*

这个二选一，原本是我妈和另一位大学教授大人在某次派对上聊起的真实体验：A 只是金钱关系，比如找女招待，B 是发自内心的纯爱出轨，哪种更不能忍受？

我先说清楚，我爸大体来说喜欢 A，另一位大学教授总是 B。

如果问女性这个问题，可能和屎咖喱一样得不出明确结论。问已婚男性的话，我想他们会根据自己的嗜好做出选择，非 A 即 B，毫不犹豫。

如果在坚决打倒出轨的电视八卦节目里由嘉宾回答这个问题，那么，唯一的正确答案是"A 和 B 都受不了"。确实，这个问题的恶心程度堪与屎咖喱并列。但这是二选一，如果被问"你选哪个"就很难回答。

深为 B 型所恼的大学教授夫人认为："如果那边只是图钱，倒撼动不了我与丈夫的真爱关系，异物而已，构不成威胁。"

我妈则反论："和职场里的见习女孩出去看个电影、约会一下的纯爱花不了多少钱。如果没事就泡夜总会，还给小姐发零花钱，那对家庭收支的影响就太大了。"

最近电视上报道的出轨绯闻，B 型压倒性居多。与其说是报道，更像媒体单方面的暴力抨击。嗯，不对，其中一些似乎也混杂着 A 型气息。不过单论 Becky[1] 的话，她没从极度卑劣什么什么主唱那儿要过零花钱，连续报道里相继披露的主唱的新小三们也不像是职业的。

纵观日本的出轨一览，无论怎么想，都是涉及金钱的 A

1　日本女艺人，演员，歌手，2016 年 1 月被《周刊文春》杂志报道出轨已婚男性，男方是"极度卑劣少女"乐队的主唱。Becky 在诸多媒体谴责下被迫暂时中止了演艺活动。

型数量居多。已婚者若是和伴侣之外的人发生肉体关系，或保持精神上的相通，同时这种出轨又被社会认定为罪恶，那么，嫌犯多半集中在吉原、银座、六本木、歌舞伎町和锦系町[1]。

尽管如此，大众纠弹的往往是为数不多的真爱系 B 型。

在银座女招待出轨事件[2]中担任裁判的法官曾经表示，涉及金钱的不过是你买我卖的关系，一场游戏而已，纯爱则会伤害人心。看来，大多数群众和法官有着同样的价值观。

1　吉原，东京地名，集中了很多色情浴场。银座、六本木、歌舞伎町和锦系町是现代东京有代表性的夜总会酒吧欢乐街。

2　作者自注：某银座女招待和男客有肉体关系，被男客妻子起诉。2014 年出了判决结果，周刊杂志报道后发展成热门话题。法官的大意是银座女招待以肉体关系招揽客人，在工作范畴之内，和感情出轨不一样。判决出来后，有些国民（主妇）为之震怒，有些国民（女招待／陪酒女／风俗女）为之松了一口气。译者注：2014 年的判例，某主妇起诉银座俱乐部女招待，指责女招待在知道其丈夫是有妇之夫的前提之下，仍与其丈夫保持了长达七年的肉体关系，向女招待索要精神赔偿费。法官断定原告诉求不成立，理由是女招待作为服务方，为客人提供了处理性欲的工作服务，虽带来不快，但没有妨害对方的婚姻关系，故而起诉不成立。

和小姐玩儿不算出轨，这种主张是男人们嘴硬时做出的自我肯定，大体上来说，也是一种社会共通的价值观。如果欢场小姐和客人每玩一次就要被正妻起诉到法庭，那么风俗业就无法存续。没了风俗业，女的也会失去走投无路时的就业场所，实在麻烦，彼此彼此。

我妈和那位教授夫人的对话，在派对大厅的一角最终以"确实是这样""您说的有道理"客气地结束了。但我妈和我一样，遇事心里放不下，派对之后回到家，还继续对我说："我就讨厌那种秉性。"

*

当时我马上要高中毕业了，之前遇见那位教授夫人时，她曾大力赞美我"你长得好像柴崎幸[1]哦",夸得我莫名其妙,感觉没夸到点上,只记得她说过好话。所以当我妈提起这件事时,我不由自主地站到了夫人那边。

"影响家庭收支什么的先放到一边,我还是觉得,真爱出轨更具威胁,心有所想,最不可恕嘛!"

"不对,如果我们家的爸爸心里有了别人,我肯定不能原谅他。但话说回来,男的究竟出哪种轨,全看他想通过哪种方式彰显自己。"

我妈绝对不是对出轨睁一只眼闭一只眼的旧式良妻,她非常现代,无论遭遇哪种,都会狂怒并且受伤。所以我一眼就看出来了,她的真实想法其实是"A和B都受不了"。尽管那时我才十八岁,不过就在不久前,我做过卖内裤的勾当。100

---

1 日本知名女演员,出演过《神探伽利略》等影视作品。

9

日元买来，假称穿过一小时，以1万日元的价格卖给中年男。

　　一等高中毕业，我就迫不及待地跑到夜总会打了多次零工，我心里很清楚，我妈特别在意整体感觉，比起具体的肉体行为，她更看重对方的心思放在哪里。所以别看她嘴上那么说，内心其实和那位教授夫人一样，深深抗拒真爱式出轨。

　　"换个角度说，就是男人想用什么方式追求女人。有的男人不觉得金钱只能买来空虚，用钱彰显自己时就格外有快感，我就讨厌这种秉性。花钱有什么出息，不花钱用个人魅力迷倒小姑娘来彰显气概的，反倒更勇敢些。"

　　如果真的发生，她肯定受不了，那她说什么"勇敢"呢，干吗要用这种不现实的词汇拥护B型出轨？当时我还不能理解。同时也没能想象出，那些在夜总会和原味内衣小铺里排着队、目测已婚的中年男的癖好，会成为我妈和未来的我的威胁。

我妈还说过："对大多数男人来说，出轨是一种娱乐活动，与人生主路没有关联，所以他们无论用哪种方式，都是图个快乐。"

现在回想一下就知道，当时，我妈认定我爸是花钱派的，为此过度苛责了我爸，打心眼儿里认定自己的想象是对的。而那些真正能令她恐惧不安的第三者，她连稍微想象一下都不愿意。

对我妈这种心灵防御本能，我也只是点点头，"是这样子哦"而已，没有更深的感想。她对金钱派出轨假想敌的考察反倒更有意思。对男人来说，反正哪种出轨都是玩火，那就玩个爽的。他们用玩火彰显自己，以为逞过威风之后，就可以撒娇卖软，能短暂地在一段时期内充当一阵子"好男人"。大多数普通男没有木村拓哉山P馆博叶加濑太郎[1]那种相貌或才华可炫耀，（　　　）能想出的办法唯有花钱。正因为头脑简单男们怀有"不必爱我，只要奉承我，围着我转就行"的心思，吉原和歌舞伎町的霓虹灯才始终不灭，闪烁直至今宵。

1　木村拓哉，歌手，演员。山P，即山下智久，歌手，演员。馆博，演员。叶加濑太郎，小提琴演奏家。

指尖上的春药

我从五年级到六年级上半学期，在伦敦的圣玛格丽特学校（St. Margaret's School）上了一年半小学。那是一所非常典型的英伦风范的女子学校，学生人数不多，每个班大约10个学生。

之所以去伦敦，当然不是我闹着想去留学，是我爸要去那边工作。那时我十岁，只有不想去的意志，没有最终决定权，就被父母强行拉去了。

一想到再也看不到《百变小姬子》[1]了，看不到 SMAP 在 10 频道的音乐节目上唱歌，见不到同班男生立石同学，我就对长途迁徙非常不乐意。但小孩的可爱之处就是虽然表面闹情绪，真到了地方马上就能高高兴兴地融进去，甚至觉得自己生来就是为了在伦敦生活。

我妈很不喜欢日本私立小学的作风，比如经常给学生布置无聊的作业，比如讲究起立和鞠躬等规矩。她认为儿童生活只要多姿多彩就够了，而多姿多彩的前提条件是读大量书籍，以及会说英语。她顽固地相信这两条必不可少。出发去英国的三个月之前，每天我放学后睡觉前，和她说话时必须用英语，如果违反规则，会遭受热水淋身的体罚（并没有这回事），总

1　作者自注：集英社刊行的《Ribon》杂志于 1990 年到 1994 年连载的漫画，小姬子元气满满，活泼没有男孩子气，喜欢温柔的姐姐。人物角色是正统少女漫画形象，非常受欢迎，后来还改编成了动画片和音乐剧。动画片主题歌是 SMAP 唱的，很多小女孩把木村拓哉看成漫画男主角，做着梦长大了。

之进行了一阶段艰苦卓绝的训练。她命令我在英国小学里要交100个朋友，于是我抖擞精神、奋勇地踏上了英国的土地。

*

圣玛格丽特学校当然是一所教会私立学校，虽然只是伦敦的普通小学，也许因为校风稳健，位于高级住宅区内，所以看上去像一所国际小学。到处可见和家长一起赴英的日本、韩国、德国和挪威小孩。就算最开始说不好英语，学校气氛也很温暖，我妈的努力白费了。

英语什么的都无所谓，因为最受欢迎的转校生，是会弹钢琴的女孩。

我记得自己在小学一二年级时，在雅马哈音乐教室拍打过一阵子电子琴。我身体能力不行，就算跟班学过钢琴、跳舞和游泳，最后也和没学一样。唯一坚持学了讲究身体静直的日本舞。

当时有个叫小绫的女孩，个子高高的，和我同期转入圣玛格丽特，英语说得比我差远了，但她会弹钢琴。不会弹琴的孩子特别憧憬的《土耳其进行曲》什么的，她都得心应手，不光古典，当时流行 Shampoo[1] 的歌，她听几遍就能自己改成钢琴演奏版，就是这么有才华。

而我只能在课间休息时，脑海里循环播放着西田敏行[2]的歌，啃着指甲，暴食薯片，羡慕地远眺一群金发女孩围着小绫转。在伦敦的一年半里，我的体重猛增了 14 公斤。当然这个不值一提。

记得我妈从前说过："要想在语言不通的外国学校里交到

---

1 二十世纪九十年代英国的一个全女子乐队。
2 西田敏行（1947— ），日本男演员、歌手。

16

朋友，让别人看到你，还是得有特别的才能，比如会弹钢琴或者会画画，不必高超到职业水准，只要比别人出色就行。"不过，她并不是用各种兴趣班为我填满时间表的"虎妈"，我身上也没有待挖掘的闪亮才华，所以我长成了一个"虽然不出类拔萃，但坦荡率真"的孩子。

我倒是会日本舞，然而日本舞就连日本人都不懂哪里有趣，自然成不了交友利器。好在我非常努力地学了英语，和性格怪僻的同学也能搞好关系，在对立小群体之间保持中立，尽力把糖果分给所有人，懂得幽默，擅长搞笑、烘托气氛，就这样我在伦敦拼了一年半，活着回了日本。

*

"十几年后，我虽然身无长技，依旧渴望能登上闪亮舞台，于是投身进入了夜晚的世界"，不是的不是的，原因并不在此。我想说的也不是这个。自那之后，就算我不会弹钢琴，但比较擅长学习，属于老师喜欢的好学生类型，顺利考上大学，找到工作，还算事事顺遂。

而且这十年来，每当我去国外，用不着当众演奏钢琴或展示画技，也不用卖艺侧空翻，就能立刻轻而易举地招人喜欢。比如上星期从凯恩斯[1]坐船去麦克拉斯沙岛时，比如在凯马特[2]购物之后交钱时，比如在度假公寓的前台，都有白人姐姐向我发出兴奋的尖叫："你的指甲超级可爱！"

从大学时代到研究生，再到报纸记者，直至现在，只要在日本，我经常被人问起："你那个指甲，怎么写稿？"

我的一贯回答是："用指甲尖儿敲击键盘。台式机的大键

1　澳大利亚昆士兰州北部的滨海城市。

2　即 Kmart，美国最大的日用品连锁零售商之一。

盘就很麻烦。如果断了一根指甲，长短不一容易失衡，很不方便。"

然后对方就会想："明明可以全部剪短。"

现在纸托延长甲不再流行了，我用甲油胶最大限度延长了指甲，如果断掉，就立即贴上美甲片。我每次都去涩谷的 es 美甲沙龙，没什么精细要求，做成"又夸张又闪亮耀眼的"就可以，由此一年的美甲花费轻超 20 万日元。

如果我会弹钢琴，就不会做这种指甲了吧。艺术美甲勉强能敲击电脑键盘，叩响黑白钢琴键不太现实。不过，正因为我是钢琴盲，所以才能做精致的指甲。十岁时我暴食着薯片啃着指甲熬日子，二十年后我用美甲赢得世界的欢呼。女人特别擅长用物质或名牌来填补自己缺乏的价值，就算没有闪光的才华和技能，也能享乐人生。

看着贴了 25 颗水钻的白边法式指甲，我忽然想自言自语：

"妈妈，别看我不会弹钢琴，英语说得很糊弄，但我照样凭借自己的力量变成了红人。"

我的他，是做饮食业的～♪

　　除了冷以外没有其他特色的 1 月上旬的周末，在一个稍微正式的聚会里，前夜总会小姐／现创业女性／我的朋友穗香没等对方问完就急吼吼大声回答："男朋友？有啊，他是饮食行业的。"我原本只是碰巧参加，正和两个同业小姐坐在角落里有一搭没一搭地听，听到这话，三人同时爆笑，喷出了嘴里的啤酒。穗香，难怪最近晚上找你玩，你总说没时间，原来你在泡牛郎！毕竟这是个稍微正式的聚会，已经从夜总会上岸一段时间的穗香女士总不能回答"男票？他是牛郎呀，我既是他女票，也是他的客人啊哈哈哈哈，真爱型营业，超棒哒。"所以她现在的回答非常理智聪明。[1]

就职饮食业……我们的魔法词、救场句。它搭救了我们无数次。

夜总会小姐可以自称饮食业小时工；性感酒吧[2]的小姐当然是饮食店员工；在银座酒吧结识的客人是"在饮食场合里认识的 ♥"；男朋友无论是调酒师、牛郎、夜总会店长，还是新大久保偶像咖啡馆[3]的小帅哥，都可以说成"做饮食业的达

---

1 作者自注：牛郎对女客说，"做我女朋友吧，我真心喜欢你，这不是营业哦，别把我当作牛郎，当我是男人，好不好？"别看他嘴上这么说，该要的钱一分钱都不少要，还下套让女客高额消费，制造赊账。这种就叫真爱型营业。当然有的女客认为，当时我们就是在谈恋爱啊，不是营业。当然了，怎么想是客人的自由。

2 作者自注：过去也叫奶子酒吧。可以接吻，可以摸，不能发生性行为。定位在欲望满足和未满之间、"冷静与热情之间"、色情行当与陪酒业之间。译者注：《冷静与热情之间》，1999 年辻仁成和江国香织合作的恋爱小说，2001 年改编为电影，由竹野内丰和陈慧琳主演。

3 新大久保，距离新宿不远，车站东侧是韩国城，集中了很多韩流商铺。此处的偶像咖啡指的是面向年轻女性的咖啡馆，男侍者大多打扮成韩国流行偶像风格。

令 ♥ ”。

　　每当我们被父母 / 纯洁的大学同学 / 白昼工作的同事问起不方便回答的问题，就在脑海里以可爱的儿歌曲调唱出"不是假话，只是美化，也不算美化，只是翻译成日语讲给你听呀♪"，闭眼挪用"饮食业"这个词。

　　好吧，忏悔一下。因为每次我们说男友是做饮食业的，别人就会主动想象，一定是哪个山 [1] 的意大利餐厅厨师、修行学艺途中的寿司职人、马克西姆餐厅 [2] 的优雅侍者，最差的也是在西荻 [3] 居酒屋彻夜工作的元气青年。而实际上，我们说的是

1　山，指森大厦株式会社的房地产品牌 Hills，比如六本木新城、表参道 Hills、虎之门 Hills、上海环球金融中心等。

2　即 Maxims-de-Paris，二十世纪巴黎上流社会年轻人经常聚会的"俱乐部"。

3　西荻，西荻窪的简称，西荻窪位于横贯东京的中央电车线上，和临近的高円寺、阿佐谷、吉祥寺一起，是东京西部受欢迎的居住区，这里相对来说充满平民气息，有很多个性商店，文化和艺术氛围浓郁。

那些在歌舞伎町花道通[1]照片修到面目全非的牛郎宣传照上微笑的花美男。

*

保持着一定程度理智的母亲们会说：不求他有博士学位，不在大公司上班也行，上的是不如MARCH[2]的大学也没问题，就算不是高薪专家、艺术督导、说出来有面子的国家公务员，哪怕个子矮，中性脂肪超标，最差留着短寸头，鼻毛外露，有狐臭，只要你真心爱他，他把你当作世上唯一，那我们做母亲

1 花道通，歌舞伎町的主街，两侧能看到很多牛郎俱乐部揽客用的大头像宣传照。

2 即明治大学、青山学院大学、立教大学、中央大学、法政大学。取各大学名称开头字母组成，指的是东京所在的关东地区几所比较难考的私立大学。与此对等，大阪所在的关西地区，则有关西大学、关西学院大学、同志社大学、立命馆大学"关关同立"的简称。

的就会欣慰地接受他，这对我们做母亲的人来说，也是决定人生命运的重要分歧点。

她们会这么说的。

比如我妈，非常可能会一边啜饮着玛黑兄弟红茶[1]一边说这种话。她在锦系町车站大厦的哪家店里，真的这么说过。

"如果没有伴侣陪伴，人生多么寂寞啊。只要是你真心选择的人，就算比我还老，哪怕是阿拉伯人什么的，宗教上很麻烦的，我都会感谢他的存在。"那天我们喝的不是玛黑兄弟，但我妈照旧在车站地下小店里端着咖啡杯，表情优雅，得意扬扬，口气坚定。虽然在我听来，这根本就是一个妈在命令三十岁左右的女儿："你也老大不小了，赶紧结婚吧！"只是用浪漫情调把劝诫的浓度稀释开了而已。

1　Mariage Frères，法国知名红茶品牌。

别看母亲们嘴上这么说，她们其实很贪婪，并且狡诈，能用宽容而理智的话语掩盖贪婪。还用问吗，母亲们也有自己的特殊迷恋，有绝对无法让步的点。比如"无论他学历多低，我都没意见（他不能负债）""外貌什么的都不是问题（他不能嗜赌）""年薪 500 万日元其实足够生活啦（婚后他得和岳父母同居）"，等等。

我们这些做女儿的，一边平静地感谢妈妈的宽容，一边敏锐地接收（ ）里的信号。和对面那个女的共同生活了这么多年，她喜欢什么，无法容忍什么，这边多少明白一些的。母亲们说着"只要有爱就行"，同时保留了最终解释权诸如"玩乐队的、画画的、自称职业冲浪选手之类的绝对不行"。由此心知肚明的女儿们带着轻微的绝望度日。

*

女儿们的绝望反而会召唤来一些东西。我们不由自主迷恋上的男人，往往是母亲想保留最终解释权的那类人。并不是我们想写报复母亲的悲情剧本，也没有用仇恨的目光怒吼"加倍偿还！"那么夸张，只是出自莫名其妙的本能。就像有人对你说不能吃碳水化合物，你反而会一眼看到甜甜圈店。就像公司让你干销售，从今天起得穿正式套装，你会突然跑去买了一件 Jill Stuart[1] 的连衣裙。一想到母亲最讨厌赌徒，就不由自主地看上了职业打麻将的。

在这种时候，我们最有力的帮手，就是日语的丰富意蕴。职业打麻将的、职业打老虎机的，自然是做娱乐行业的。AV

1　时尚品牌，风格甜美浪漫，连衣裙多质地轻柔，常缀有蕾丝或皱褶边。

导演，从事影视业。玩乐队的，是音乐界人士。应召牛郎[1]和软饭男是地地道道的服务业员工。小混混毫无疑问是自由职业者。前不久出现了一个新概念叫"诺玛德"[2]，说起来颇知性。围绕着"男友"，母亲和女儿的攻防战会永无休止地进行下去吧，母亲们在微妙口气里轻巧地嵌入最终解释权，那我们就用日语的丰富意蕴置换事实去应战，客气什么。

1　作者自注：在我印象中，有些牛郎为了营业额会和客人上床，但上床不是主业。而应召牛郎做的基本上是收费性服务。我这么说肯定会惹怒一些人。好吧，改一下，应召牛郎是上门型的服务业，具体业务范畴是和客人约会，一起吃饭，提供哄睡服务，让女性满足。因为是上门营业，由此而生的爱恨关系复杂如黑洞，如果去应召牛郎的论坛，可以看到女客之间的愉快互怼。

2　Nomad，漂泊者。

如此说来还没在梦里上过床

　　我的事实婚姻关系的丈夫（饮食店经营者）因为殴打员工而被捕，我给各媒体发去道歉文书，面对蜂拥而至的记者闪光灯，我在既像经纪人又仿佛是出版社编辑的人的守护下，向那群记者深深鞠躬，看上去完全是个悲情良妻——这是我前几天做的一个梦。（顺便说，做梦通常有两种类型：主观视线的实际体验型，以旁人视线远观自己的俯瞰型。而我在梦里变化自如，一会儿主观打量，一会儿用第三者视线观察自己给媒体鞠躬，属于切换型。）

我其实是非常普通的做梦少女，睡醒时大概率记得梦中内容，随即会忘，只记得一些残片。可是这一次，在这个名为"我，等待你回来"的梦里，我写的媒体信非常令人感动，直到今天，我甚至连信里的笔迹都还记得。

　　信的开头很套路：给大家添麻烦了，多蒙关心不胜……什么什么的。信的末尾非常深情：即使发生了这些事，我依然爱他，无法回头。唯愿他反省并赎罪，我会一直等他回来。

　　怎么样？我自己都感动了，我在梦里也是一个好女人。看到这里想和我结婚的男性如果你是一米八以上的瘦子、说一口大阪话，请将履历和数张未修图照片寄至幻冬舍[1]（我开玩笑，别信，会给幻冬舍添麻烦的）。

1　日本出版社，总部位于东京涩谷。本书日文原版即由幻冬舍出版。

*

　　上研究生时，我给当时的男友写过一些信，和他解除同居关系时，我没留神，把信装进行李带回来了。几年之后，一个很御姐的女的来我公寓借宿，知道信的事情后嘲了我一句："写这种极度自我陶醉的破纸片子给世人看太羞耻了，还不如在 AV 里露屁眼。"她是个对自己的毒舌颇感得意的女人，一时噎得我不知该怎么回她。

　　综上所述，那种令人感动的信我早就写惯了（在 AV 里露屁眼也惯了），所以梦中那封打动人的信只是平日能力的延长。那个梦从情节设定到场景，都揭示了我目前的生活状态。

　　不是正式结婚的丈夫而是事实婚姻对象（→说明我不想和他正式结婚进同一个户籍，但我想独占他）；饮食店经营者（→说明我依旧迷恋牛郎）；他殴打雇佣员工（→我最近招惹了不少口舌麻烦，渴望有个男人保护我，最好是会打架不好惹的那种）；他被捕了（→我喜欢的人不肯陪在我身边）；我向媒体致歉（→没能及时交稿，对不起）；编辑保护我面对记者（→我很依赖我的专属编辑）；我深深鞠躬（→对很多事表示忏悔，包括以前的人生）。

至于道歉信的内容，其实是"他很差劲，根本没给过我幸福，我已经知道不该喜欢他，但盼望他回心转意，所以还想再稍微爱他一段时间，我为这样的爱致歉"。以上这些只是对梦的粗杂分析，反正弗洛伊德不会看我的书，无所谓了。

说了这么多，我究竟想表达什么呢？我并不是在说自己正经历着一段看不到丝毫结果的恋爱，心里难受得想狂笑。（大家从我道歉信的内容里大致推测一下即可）我更想说的是，之所以一个梦会被清晰地记住，是因为你发现这个梦准确无误地嵌合了你目前的处境。

过去我在公司上班时，心里念着"明天很重要，无论如何不能睡过头"，反倒会做噩梦，准时醒了，但是腿脚发麻站不起来；被单缠住了腿；西装上沾了酸奶渍。准时起床了但被各种事情耽误，眼看着要迟到。有时我觉得自己是个特别幼稚的人，为此还挺失望的。如果有来生，我想变成卡夫卡。

*

　　我不记得自己小时候经常被噩梦吓到哭着醒来，因为我优雅呀，连床都没尿过。但有个噩梦，我一直无法忘记。

　　那时我在筑地[1]上幼儿园，到了家长接小孩回家的时间，一个又一个小朋友跟着妈妈离开，我认识的小男孩和小女孩有

1　东京地名，比邻银座。

几个还没有走，我想去教室对面的沙堆玩，跑了几步，不知为什么，教室、沙堆和教堂骤然离我非常遥远。操场在扩张，越来越广阔，本应在那里的小朋友越来越远，渐渐看不清了。我隐隐约约能看见远处的老师和园长的影子，我想跑向他们，但跑得再快，也赶不上庭院扩张的速度，我和老师之间的距离越来越大。不知从何时起，幼儿园操场变成了街道，街上有我似乎见过的烧鸟屋和十字路口。我焦虑地走在街上，怎么也找不到自己家。我告诉原本应该认识我的烧鸟屋掌柜"我找不到家了"，掌柜却沉默不语。我凭着记忆转过熟悉的街角，本该在那里的便利店和红绿灯都消失了。

那时的我，除了极度害羞认生胆子小之外，其实就是个毫无特色的四岁小孩，皮肤微黑，胖乎乎的，住在中央区的一个狭窄公寓里，爸爸和妈妈各自忙于工作。我妈总是忙不过来不能及时去幼儿园，只好委托同公寓的其他小孩妈妈去接我。

直到现在我也是胆小鬼，尤其是在陌生的城市或外国街头，我总是驱动着所有想象力，走得战战兢兢。小时候在迪士尼乐园，受人欢迎的卡通人物走到我身边，我会被吓哭；母亲怎么还不从洗手间里出来，我在外面等到哭；无论巡游花车多么美丽，我每隔四秒回一次头确认母亲真的站在我身后。我就是这么一个对世界和社会充满了不信任的不可爱胆小鬼。

四岁的我一反常态做了噩梦，在梦中走投无路后醒来，对身旁刚刚醒来的母亲讲了刚才的梦。我用尽小孩的力气，把梦中细节捋清了前后顺序，希望母亲就此表示点儿什么。母亲只是口气平淡地问我：哦为什么烧鸟屋跑到幼儿园操场上了呢，还剩哪些小朋友啊之类的，口吻亲切，假装对我的梦很感兴趣，安抚了我一下。我特别认真地讲这一番，但她的态度让我空落落的。那之后，我经常回想起这个奇幻的梦。

到了小学五年级，我又讲了一遍这个梦。这一次我妈说：

"对小孩子来说，世界异常狭窄，又巨大得无法想象，在一直不断延展呢。小孩对变化最敏感了，只要是自己主观中的东西稍微出现了变化，世界就开始不停地变大，稍微不留神，就有被变化抛下的危险，别人不可能永远在你身边帮助你，就算你被束缚，得到一时心安，也会渐渐被强制性地解放，所以无论如何，这个梦挺不错的。"

我们从不可以剩饭必须穿制服要牢记圣母马利亚爱心的幼儿园束缚中被强制解放，从必须写螃蟹观察日记必须戴特别傻气的红白帽必须说阿门的小学被强制解放，确实，世界在不断延展，越来越宽广。可是哪个世界都有境界线，界线内的小世界牢牢绑住了我们的手脚。

我们爱着小世界里的狭窄，然而到时间了，就会被轰出小世界，移入比前一个稍大的、依旧束手束脚的地方。我慢慢明白，如果自由横跨几个世界，就能获得一个更广阔的空间，同时也知道了，有时候事难如愿。就这样，不知从何时起，我已经变成了一个不受任何束缚的成熟女性。

我小时候做的那个梦，明喻了我的现实处境，当然，明喻的并不是我的小时候，那时我在狭窄的儿童世界里每日承受着不可以剩便当的呵斥攻击，为此烦躁不堪，同时也享受着狭窄带来的舒适。梦境表明了我的现在，现在我看着白昼和夜晚界线模糊不清的世界，感受着里面的迅疾流速，我渐渐跟不上，也不想再步步紧跟了。

苍蝇在世界的中心搓手乞命 [1]

　　"如果你的胸再稍微小一点儿，说不定，你的人生路就不会走错了。"我们全家旅行时，平胸的母亲看见我带去的每一件沙滩裙都是过分强调乳沟的低胸款，非常不高兴，拿我的胸当埃及艳后的鼻子 [2]。

　　我刚满二十岁那会儿流行巨乳片，即便我只是末流，好

1　俳人小林一茶（1763—1828）有一句俳句やれ打つな蝿が手をすり足をする，大意是别打苍蝇，你看，它在搓手作揖乞命呢。

2　法国数学家、哲学家帕斯卡尔（1623—1662）在《思想录》中写道："如果克莱奥帕特拉鼻子再低一些，历史也许会不一样。"

夕也当上了 AV 单体女优[1]，虽然那时我除了 G 杯之外既没有特征，也没有独一无二的性感魅力，一个不起眼的夜女郎而已。不过在那个时代，即使颜值不高，只要有巨乳，努努力还是能得到单体机会的。劝诱员[2]给我介绍的也是吉原的高级性感店。我也想过实在不行的话，就干那个算了。如此想来，乳沟确实左右了我那时的倦怠人生。

现在在气温 34 度的凯恩斯的船上，我多少有点儿感慨，胸啊都怪你，我的人生才……不过话说回来，我就算是平胸，性格也不会发生 180 度逆转，不可能全心全意地通过公司这种组织为社会做贡献，不会过耽迷香草调配的静好生活；不会和印度女人一起做手工皂然后拿回日本卖。我从骨子里就不是那

1　作者自注：很多人有误解，以为单人出演全片就叫单体女优，我想反复提醒一下，与制作公司签订了专属合约的 AV 女优，叫单体女优，这也算一种名誉称号。

2　此处指的是在街头随机搭讪女性，给女性介绍色情工作的劝诱员。

类人。同时我黏膜柔弱，容易发胖，不能多喝酒，所以不像我妈想的那样，我并不是因为具有夜女郎的规格参数，才被夜晚的世界卷走的。

*

我妈高中时代在澳大利亚留过学，我爸偶然想起澳大利亚有漂亮的海，不那么热还能观赏土萤，就突发奇想要去凯恩斯短住，他们先出发，我随后过去，同住了一星期。

我家每次旅行都兴致奇高，日程安排得特别密，也许南国的浪漫之夜让人软弱，我妈变得非常健谈。

她夜夜一边跟我讲"结婚不是为了生活，而是和你尊敬的伴侣携手共同克服世上的各种困难""如果只想得到赞美，只想被点赞，是写不好东西的，写作要磨耗心魂，牺牲欲望"之类比较动情的金句，一边嫌弃我单穿吊带背心时不戴胸罩。

家庭旅行接近尾声的第五天晚上，包括我爸我们一家三口进山去看土萤。凝神细看的话，确实能看见谷底斜坡处有片片微亮的光点，很漂亮。但这种飞虫只在日语里才有"土萤"这么风情雅韵的名字，实际上是种幼蝇，英语叫"glow worm"，变为成虫后，活不到一星期就死了。

而且所谓成虫，就是苍蝇。只有小林一茶才会写俳句表达对苍蝇的同情。

我一想到它在变成苍蝇之前，也曾有过荣光的幼虫期，就倍感落寞。它小时候并没有卓越的闪亮才华，也不是故意炫耀，只是在人前稍微亮了几下，就得到看热闹之人的兴奋尖叫，让它有了幻想，以为自己真的是有价值的存在，然而一旦长大起飞，却遭众人谴责："太脏了！"

这么想的话，我们在什么时候长大变为成虫了呢？有了月经初潮，乳房开始鼓起时，开始在意学力考试的成绩时，在学校运动会当执行委员时，都完完全全还是幼虫。后来开始交尾，有了"女高中生"这个无敌标签，在涩谷的杂居楼[1]里以8000日元的价格转卖原价100日元的内裤时，向天真纯洁的后辈女生推销芭啦芭啦舞[2]门票时，都还是幼虫，正因为是幼虫，所以闪闪发亮。过了二十岁，香烟和酒精解禁了，我穿着夜总会小姐裙，露着光洁肉感的胳膊，梳着高高的蓬发，喊着

1　集中了各种店铺的小型高层建筑。

2　作者自注：每次我遇见自称"前辣妹"的人，就问她们当时能跳几个芭啦芭啦，回答"我忘了"的人肯定是冒牌。译者注：也叫樱花舞，跟着舞曲节奏做的一种舞姿，脚下舞步简单，主要以手臂动作为主，二十世纪八十年代开始流行，九十年代末再次走红，是当时辣妹的标签之一。

"乌龙嗨[1]多加水"时，绝对还不是成虫。在摄像机前单手捂着年轻坚挺的乳房，嘴里说着"我的性敏感区保～密～"时，我还不是苍蝇。

就算我们不记得经历过郑重的蜕皮或孵化仪式，现在也百分百变成了成虫，变成了苍蝇。只要活着就能自然闪亮的样子已成往昔。

土萤之所以长大，变为只活一星期就死掉的成虫，纯粹为了交尾和产卵。而我们即使变成了苍蝇，也还得继续活几十年，无论交不交尾，产不产卵，依旧是苍蝇，不得不以苍蝇的形态活下去，寻找生殖以外的活着的意义。

在澳洲的夏夜，我妈照旧吐露着诸如"有孩子的人都认为，自己人生最精彩最有意义的事，就是生了孩子"之类的个性名

1　作者自注：有些夜总会的"加水"和"长饮"指的是无酒精饮品。愿不愿意花几千日元买一杯无酒精，纯属个人意愿。译者注：乌龙嗨，泛指用冰乌龙茶调制的酒精饮品。

言，强力劝我产卵。我依然在幼虫的闪亮与成虫的生殖之间的狭窄缝隙里，持续着大体还算满意同时莫名空虚的日常生活。等我离开澳洲回去时，日本无疑是意兴阑珊的寒冬，我已不是柔弱的幼虫，而是威武的苍蝇，不用说，这个冬天我也将吐露着不满，顽强地越冬。

曾有过极短暂的一段时间，我厌倦了卖弄色相的夜总会，转到横滨关内的迷你俱乐部，在那儿遇见一个黑道大哥，这人年纪不小了，高个子，很帅气。他从我手里接过一杯加水百龄坛[1]，对我说："世莉香（我当时的花名），你可能永远都是小孩。"那时我以为自己舒适的幼虫生活将永远持续。然而我还是长大了，彻彻底底变成了苍蝇，不再觉得自己只要存在就有价值，倒是能够用成年人的周到心思不求回报地做些什么。比如给谁做饭，经常给外婆打电话问候，出国旅行时想着父母也

---

1 即 Ballantine's，威士忌品牌。

会喝就悄悄在酒店公寓房间里准备好咖啡。我不是格外想倾诉这些，只是想说出来让他们知道。

*

"你已经长大了，还能和父母一起旅行几次呢。"从我十八岁起，我妈就这么说。那之后又有无数次，他们以"你就当最后一次孝敬父母吧""等你结婚有了孩子就不能出来玩了""爸爸妈妈不一定什么时候就不在了"等理由，将我强行带到国外，与他们一起旅行。

澳洲之行时，我妈老了，患病了，我也到了差不多该考虑结婚的年龄，我们都觉得也许真是最后一次全家旅行了，所以几乎白天黑夜都在一起。不过说起来，去年11月的纽约行，我们当时也是这么想的。

本月赊了多少账？

深夜响起电话铃声时，我总以为"哎呀，是达令吧"，接了电话发现不是，就无比失落。如果电话内容令人翻白眼，就算我不是穗村弘，也会气得想把牙膏全部挤光[1]。

前不久的某天深夜一点半，一个我指名过的牛郎打来电话，内容只是埋怨他常去的歌舞伎町某日本料理屋的饭菜味道

---

[1] 穗村弘（1962— ），日本现代短歌歌人。穗村于1990年发表的歌集《辛迪加》中，有一组描写女友私语短句的短歌，其中一首为"扔猫算什么，我要是真生气了，会把牙膏都挤出来"。

变差了，他为此很吃惊，还有就是在 HOSTLOVE 网站[1]上，他和别人同居的小道消息被挂出来了，惹翻了最肯为他花钱的常客[2]，听得我想扔猫。

我想挂断电话，因为第二天星期四是他的店休日，就随口嘟囔了一句："羡慕你啊，明天休息。我明天从中午就要接受周刊杂志的无聊采访。"

他听后赤裸裸地发表意见："有什么可羡慕的，你想想，

---

1 作者自注：以牛郎话题为主的论坛型网站。内容大多是某某有性病，某某带客人回家了，某某其实结了婚有妻子等抹黑性报复发言。还有找客人碴儿的，比如某某牛郎的头客自称是白天上班的素人，其实是吉原高级浴场的泡姬，某某的客人全是丑女。另外就是客人发牢骚，比如攒不出给牛郎开香槟塔的钱，明明已经鬼畜出勤了，2 月还是赚不到钱，等等。有时还能看到牛郎痴给流行歌换歌词，写得别提多恰当了。欢迎大家闲得无聊时去看看。

2 作者自注：牛郎俱乐部一般不从偶然来玩的散客或很少来的客人身上赚钱，基本上依赖每月消费 100 万日元以上的常客，我觉得这和 AKB 在 YouTube 上开频道是同一种经营模式。

后天要结账[1]！明天可是结账之前的店休日[2]，要在床上伺候赊账姐姐的重劳动日啊。"

喜欢和牛郎玩，并愿意一掷千金的夜场小姐们每次去玩儿之前，是不会先去银行取现金的，那样太麻烦，而且不知道当天要花多少钱，所以基本都先记账，每月付一次。牛郎痴姐姐们的这种赊账方式，和欧吉桑在银座酒吧的赊账不太一样，

1　作者自注：结账日，就是一个月赊账的付款截止日。很多店是每月一结，最终结账日一般设为下月5日。如果钱不能如期到账，那么牛郎的营业额就会发生变化，人气排名也跟着变动。很多牛郎痴嘴上说着"等付完本月赊账我就再也不找牛郎玩了，我要忘记那个人"，但是到了付账日，在店门口收银机前看到了自己的担当哥哥，又会撒娇甜甜叫一声，跟着哥哥进店玩，稀里糊涂地欠下新账。

2　作者自注：过去牛郎店主要是为夜场小姐下班后喝酒消遣而开的，所以深夜是最挣钱的营业时间段。牛郎店的店休日，一般是星期日，因为夜场小姐多是周日休息。后来政府下了禁令，尤其是新宿歌舞伎町，深夜一点到日出之前，1分钟也不能营业，由此小姐们改在自己休息时去牛郎店玩，牛郎店随之把自己的店休日也挪到平日，尤其是小姐们最忙碌的周四或周五。然而，禁止深夜营业→深夜时血性和性欲都旺盛的牛郎纷纷走上街头→肉体营业增加·街道随之变脏乱，所以我坚决反对深夜营业禁令。我得说清楚，凉美这么清晰地主张一件事，一年最多五次。

不像银座那么讲究面子，要"熟客认证"，一次一付被认为是露怯什么的。一般来说，姐姐们是"先把钱花出去，再把这笔钱挣出来"。

因为是"先花后挣"，所以牛郎们捏一把汗，姐姐们自己也战战兢兢。其实银座也有赊账收不回来的时候，然而说到"先花后挣"，不确定的悬念实在太多，万一感冒躺倒，万一没客人上门，就死定了。另外，有的姐姐和牛郎吵架，闹分手，要小性子就是不付赊账。有的姐姐途中觉得感情淡了，也会大模大样地拒不掏钱。

大多数追牛郎的姐姐还是明事理的。她们想到一星期后必须准备好 90 万日元，就会油门一脚踩到底，每天兢兢业业去自己店里出工。月末到月初的一星期可以称为"挣钱运动周"。她们辛勤的样子令人瞠目，深夜做完应召女郎，睡三个小时，又去性感浴场打工。一有空闲时间就找客人吃饭，干私活，等等等等，种种行径超越了荒唐，简直可歌可泣。她们这么鬼畜辛苦，所以结账日之前，（没准儿）热心牛郎就会去讨她们欢心，在床上卖一把死力……

*

话题一转，这周末我和母亲去了很久未去的外婆家。外婆内脏系统倒是健康，只是一直膝盖不好，现在我过去玩时，她坐在沙发上基本不起身，去厕所要拄手杖，走路颤颤巍巍。

两年前去世的外公明明很有钱，生活却质朴。外公，即我妈的父亲，是一个非常了不起的大男人。他隐藏了没上过什么学的寒微出身，在当地政界和金融界都颇成功。得到荣誉权威之后，他没有自满自足，而是投入私财重金，竭力资助了当地的历史保护活动，为振兴旅游观光做了贡献。每得到一个荣誉头衔，他都立即让位给下属，自己生活得极其简朴，是教科书式的伟人。而且，他的生活作风也完全符合伟丈夫身份，对银座之类的地方毫无兴趣，没有传出过绯闻（据说），是个正派男人。

我妈认为外公是老古板，有点土气，也许就因为这个，她才找了我爸。因为我爸相对来说比较软派，或者说，我爸是只要听到欢场小姐几句奉承就会得意忘形地叫一瓶唐培里侬[1]的那种人。总之，我妈常说，她对老实正派人不太感兴趣。

其实我问过外公一次，大意是，你和外婆结婚之后，真的没干过什么吗？我记得他回答"倒也不是"。我爸是不小心就会从西装衬衫口袋里掉出六本木俱乐部名片的人，与我爸相

1　高价香槟酒。

比，老古板的外公说不定只是更擅长隐蔽。不过，其中真假我也说不清楚。

外公身体硬朗，直到八十五岁做绿内障手术之前，既没做过手术，也没住过院，八十岁时还在夏威夷岛的僻静海里毫不费力地玩浮潜，据说连碰巧遇上的空乘小姐都赞他身强体壮，实在了不起。外公八十八岁时确诊癌症，自那之后，便一点儿一点儿地消瘦了，身体变得虚弱，开始一点儿一点儿地死去。最后的四个月，他从医院回到家里，意识蒙眬，难辨是醒着还是昏迷。就这么日渐孱弱，快入秋时去世了。

原本异常强健的外公在最后的四个月里，向我们展示了人生彻底完结之前的逐渐消逝。而外婆在这四个月里的辛勤看护也令人瞠目。现在膝盖不好、走路不稳的外婆，当时把一日三餐亲自拿到外公枕边，为他更换纸尿片、喂他吃药时，比别人都动作麻利，只要有时间，还在外公枕边唱歌。我妈曾把外婆的这种状态表述为"人啊，能为自己做的事情好像真的很少"。可是外公已经不行了，不仅没有安慰外婆的辛劳，连句"谢谢"或"让你受累了"也说不出了。

*

结账之前的休息日里，文章开头的牛郎君究竟在赊账姐姐的床上卖了多少力气，我不知道，也不想知道。其实我觉得，她们之所以能鬼畜地辛苦工作，并不是因为收到了床上的馈赠才有了干劲。

人有时拼起来，能爆发出超常能力，但不是为了自己的快乐或欲望，也许，只有想着具体的某一个人才能做到。

就这样，我哼着中岛美嘉的"为了谁，我愿意做♪"，想着为牛郎而痴狂的诸多姐姐们，迎来了自己的倦怠三月。

风化彩虹大桥![1]

　　房屋中介行业里有众多营业高手，他们瞄准一个租房客后，会无限放大房屋魅力，轻描淡写缺陷，让房客陷入租了房子就能过上美好生活的幻想里。越是优秀的中介，下套方式越自然，不会直接说"这里又好又实惠"之类的傻话。

　　我十九岁第一次自己找房时，根本不知道中介多么厉害。某个夏天傍晚，我接到中介电话后，想都没想就去了那所位于

1　2003年日本卖座电影《封锁彩虹大桥》的谐音，本文写的也是作者在2003年里的回忆。

樱木町和关内[1]之间的房子，傻乎乎地和中介打招呼："这个季节的傍晚，感觉真不错呵。"我哪里知道，这条后街的正脸儿是酒馆一条街，盛夏白昼一股腐臭气，夜晚醉汉酒气熏天，四面八方泛滥着卡拉 OK 声，所以戴眼镜的中介哥哥挑了傍晚把我叫过来，足见其手段高明。

而我迫切需要当天定好房子。我原本住在渊野边，蹭住了某一流大学学生美奈子的公寓。美奈子的男朋友比她大一年，开始去大学认真上课了，想搬进她的公寓。心地善良的美奈子嘴上虽没说什么，明显希望我搬出去。

就算我和美奈子是高中时代一起骑着偷来的自行车疯玩的同伙兼密友，现在我以每周 1 万日元的价格在她那儿借住，还是束手束脚，很不自在。有多么不自在，比如说，我当时

---

1 两处都是横滨市内的地名。

是购物狂，几乎每天都提着 Pinky & Dianne、Private Label、Queens Court[1] 之类的购物袋回去。赚得多的时候，干脆拎着 LV 和迪奥的袋子。心地善良的美奈子表情虽然平和，但我明显感觉到她在说："你他妈的有买衣服的钱和时间，赶紧搬出去自己住呀。"

*

就这样，我生平以来第一次独立搬进了六叠大[2] 的公寓。隔着一块街区，便是弁天路——横滨关内酒馆街的起点。那之后到三十二岁为止，我搬了十几次家，如今已能一眼看透房屋

---

1 皆为走优雅甜美路线的日本时尚品牌。P&D 偏辣妹，PL 品牌现在已撤退，QC 是家境良好的大小姐优雅风格，当时都是人气品牌。
2 六块榻榻米大，约 9.7 平方米。

中介的种种伎俩，但这并不是我想说的。

我在关内的六叠间住了两年，其间有三个朋友来借宿过，是一人走了，第二个人住进来那种前后脚。我们挤睡在狭窄的单人床上，既没有"将你和梦想拥在怀里"，也没有"一起落泪"[1]，而是大笑着说了很多无聊的闲话（电视八卦节目嘉宾说的不好笑的谐音梗什么的）。

景子是第一个经常过来蹭住的。她现在也是我的好朋友。我们都以为景子以后会进一流大公司，没想到她忽然迷恋上牛郎，为了付赊账，当了应召女，甚至现在有人叫她"私活女王"。景子去我那儿借宿的时候，还没进一流大公司，尚未当风俗女郎，不清楚牛郎俱乐部的门朝哪边开，但也没有去大学认真听课，没有为社团活动燃烧青春什么的，只是不时在涩谷或横滨

1　1994 年，日本摇滚乐队 Sharan Q 出过一张流行单曲，名为《单人床》，有"在那张单人床上，将你和梦想拥在怀里……与你一起落泪……"的歌词。

的居酒屋里自甘堕落地喝大酒，随便找不怎么样的男人上床，找了男朋友却又在旅行之前分手，胡乱吃遍了早稻田体育社团里的无数男生。

论恋爱经验和性交人数，她都胜过我，而且全部是免费的（后来就要钱了）。她就像想完成什么使命似的，让人头数字一再增长。在我的公寓里，她吃着香香棒[1]和香蕉蛋卷之类的零食，津津有味给我讲，她和一米八七的橄榄球前锋上了床才知道他那小玩意儿只有大拇指长；她想与前男友复合，就去找男友社团里的其他男生商量，不小心和那男生滚了床单；美式和英式橄榄球社团男她都睡过了，棒球男也睡了，接下来想睡踢足球的。

对当时的我和她来说，大学生这个难定具体概念的标签

1　日本的国民零食，价格低廉度和普及度相当于我们的辣条。

太没意思了，身体闲得发慌，可谈论的话题太贫瘠。我们在歌广场[1]喝着便宜的柠檬气泡酒，东拉西扯，拼命寻找能耗完整夜的聊天话题。

如果让景子在朋友和男人之间做出选择，她会毫不犹豫地放弃朋友而选男人，后来，她和新男友越来越热络，就渐渐不去我那儿了。她前脚走，后脚住进来的是美奈子。美奈子以前在渊野边收容了我，现在轮到她来蹭住了。

之前导致我离开渊野边的间接原因——美奈子的男友，据说在我搬走后，软禁了美奈子一星期。美奈子很害怕，就退掉了公寓。高中时代的美奈子是我们当中头脑最灵活、做派最辣妹、性上最大胆、芭啦芭啦舞跳得最好的一个，是辣妹群里的克里斯玛[2]。谁也想不到她上了大学后，穿衣变得不起眼了，

1　卡拉 OK 店铺。
2　指具有非凡感召力的领袖型人物。

一遇到事情就会暴食呕吐。

美奈子在我公寓的单人床上紧紧裹着无印良品的被子，滔滔不绝地讲了对父母家庭的愤懑，对男友的怨恨，对大学电影社团的种种不满。辣妹时代的美奈子说话更尖锐，充满攻击性，用不完的体力和不满情绪势要撑破女校制服。她从女子高中退学、甩掉制服后，愤懑不满更是哗哗向外喷涌。她后来借着聪明劲儿通过考试，拿到考大学的资格，上了某一流大学。不过她和我一样，身体都闲得发慌。

后来，我和美奈子去横滨站附近的夜总会试着打了零工，挣零花钱。我们闲得发慌的身体在打零工的几小时里，暂时找到了安放之处。零工结束后，我们一起回我在关内的公寓，也不开电视，只说着去年 M-1[1] 上麒麟[2] 的笑话梗，说着客人的坏

---

1 日本搞笑漫才比赛节目。
2 由川岛明和田村裕组成的搞笑组合。

话，两个人笑得前仰后合，肚子饿了，就一路远征去关内的乔纳森[1]，继续说着麒麟的梗，让话音和大笑声响彻空荡荡的店堂。

*

美奈子的进食障碍和恐慌症渐渐严重，发展到了打零工也掩饰不住的程度，她便回到父母家，不怎么出门了。我和其他夜总会小姐相处得很好，若论没心没肺地胡闹说笑，还是和美奈子最自在，她不在了，真失落。

也许为了填补寂寞，我又给麻理提供了临时住处。麻理原本在另一个地方做夜场小姐，搬进来的时候，正打算改行去

1　连锁型家庭餐馆，有的店 24 小时营业。

川崎的风俗浴场做泡姬[1]。其实我和麻理关系一般，她对担当牛郎[2]言听计从，不敢说个"不"字，很多时候让我心烦。而且她的金钱观念很散漫，经常漏付牛郎店的赊账，这一点我也讨厌。[3]

但是，我们还是每周有那么一两天，关系忽然变好，把牛郎店的赊账、夜总会设定的必达营业额、大学考试和出轨男友都远远抛到一边，一起痛痛快快地出去玩过。

有一次，我们从麻理的担当牛郎那儿借了辆脏乎乎的塞利西欧[4]，兴奋地大喊要去看彩虹桥。设定好路线导航，一路

---

1 在浴场给客人提供性服务的小姐。

2 长期指名一对一服务的牛郎。

3 作者自注：漏付指的是不能如期支付牛郎俱乐部的月赊账。有的担当牛郎会自掏腰包悄悄补上，但绝大多数牛郎没有那么多钱，只能被店里从工资中划掉欠部分，或从店里借钱。牛郎为了避免这种事情发生，在付账日的前一天，就会对客人特别温柔，或者特别凶。

4 Celsior，丰田从 1989 年到 2006 年制造销售的高档车型。

飘过去，才发现弄错了，导航设定成了横滨伊势佐木町的一家叫"彩虹大桥"的卡拉 OK 店。我们停了车，在那儿捧腹爆笑，被后面一辆车牌号全是 8 的日产西玛[1]按了喇叭。我和麻理慌忙启动车，好不容易开到台场[2]时，四下里只有麦当劳还亮着灯。没办法，我们要了本不是太想喝的奶昔，在那里分享了我的牢骚："我和春辉（我当时的准男友，原本是劝诱员，后来当了牛郎，之后又干回了劝诱）去买东西，他的信用卡划不了，让我垫付，说以后还钱给我，我就替他付了，结果他说银行卡丢了，到现在也没还钱。"故事之悲惨，说者落泪，闻者伤心。

那时我们两个开车技术不好，没能尽享彩虹大桥夜景，而且每月的金钱收支都在走钢丝，还化不好夜总会小姐妆，人生的一切乱七八糟，不成形状，看不到未来的出路在哪儿，但我

1　Cima，日产公司制造的高档车型。

2　东京地名，临东京湾，可以看到彩虹大桥。

们坐在台场黑暗中的长椅上一起大声说笑，仿佛知道一切都会变好，无须担心。一星期后我有大学外语考试，因为没怎么去店里上班，当月营业额还没达成。麻理有100多万日元的赊账。但那时我和她都觉得，只要想逃，我们就能胜利逃亡。

其实说起来，最开始我去美奈子那儿借宿，是我和我妈之间的关系已经僵到不好收场，我想暂时离开家，整理一下心情。我离家出走前一日，因为一件小事，又全家大吵一次，母亲厉声对我说："我不能原谅你，因为你伤害了你父亲，伤害了我爱的人。"无论如何，那时我想逃离他们。

开车跨越彩虹大桥时的无敌心情是所向披靡的，能把今后人生必须面对的事情都按下静止键，暂时从视野里推开。那一夜让我至今难忘，后来每逢有事往台场方向走时，都试着想再现那夜我们在大桥上的心情。可惜我现在少了惧怕，多了忧心，那种无敌感再也找不回来了。

对了，那夜之后，我收到父亲写来的信："自从你离开，你母亲说，买橘子的量变少了，怪寂寞的，她伤心得不想买橘子了。"看过信，一个月后我给母亲打了电话。现在我也觉得，遇到很多事情不得不去正面对峙时，还是需要一个可以躲藏的地方的，哪怕一个月也好，就像我最初离家时那样。

II

母 亲 们 和 女 儿 们

血亲的新年，说起来挺残酷的

作为一个在东京长大的辣妹，我在新年里既不拍锦球，也不玩羽子板[1]，更不捣年糕，只是正月一日在祖父家吃早饭，二日在外公家吃晚饭而已，寡淡无味的新年持续了三十载。09[2]的福袋我一直买到2007年，这辈子都不用再买了；明治神宫的新年参拜也去够了；新年里六本木和歌舞伎町大街上空空

---

1 日本传统民谣《正月》歌词：正月里放风筝，抽陀螺，拍锦球，玩羽子板。
2 涩谷109大厦，简称09，是东京涩谷的标志性建筑。大厦内曾经集中了众多辣妹风格时尚品牌专柜，新年时发售的福袋非常抢手。

荡荡，我念着"人这么少，简直不习惯"走在里头，也早就走够了。

*

男朋友回西边的老家过年了（以此为借口不和我见面），电话和短信有一搭没一搭的，我想打发掉这烦躁不堪的新年时间，就给"小姐帮"里的玲子前辈打了电话。

玲子姐姐的回复："我被出勤奖晃瞎了眼，从年底到4号要一直鬼畜出勤。"从今年开始，玲子前辈的夜总会[1]改成新年也要营业，店里为了确保小姐人数，在工资之外设定了2万日

1　作者自注：夜总会、俱乐部和小酒吧的区别只在店内服务方式和规矩，不意味夜总会的陪酒小姐一定是年轻女孩。玲子所在的吉祥寺的夜总会号称"半熟女系"，其实平均年龄比我年轻！真受不了！我要去冬眠。

元的赏钱。

玲子其实是个懒虫，平时靠着家里快递来的免费食物延续生命，每星期只去店里打两三天工。偏偏在我新年闲得要死的时候，她忙得要死，遗憾。挂电话之前我问她新年之后的安排。她说："我跟我妈说，正月要上班，所以 5 日调休再回去过年。我妈说，年糕能剩一点儿，年菜是没有的。听上去，我回不回去她都无所谓。"

鬼畜出勤中的玲子没时间和我玩儿，我走过一年中只有此时才显得亲切和平的歌舞伎町，去了好朋友真央家。

真央与平成新人[1]的牛郎男友同居，听说男友回老家过年了（以这个借口不在家），我带着 Moet 红酒、韩国炒年糕、芝士鱼糕和奇巧过去，真央从冰箱里拿出不知哪家牛郎店的贴

1　即 1988 年以后出生的日本人。

71

牌香槟[1]和龙舌兰酒待客。有了这些，烦躁不堪的新年时间也能稀里糊涂地打发过去，我和真央憋在她的小屋里闭门不出，整日聊天。

如果把聊天的具体内容放到电视节目上，有些会被消音，有些就算不被"哔"，也踩到了我自己（清醒时）的伦理底线，故而在此省略不谈。

到了3日晚上，真央的母亲正子给她发来短信。

我和正子不算生疏。以前真央曾把她胃里刚开始消化的龙舌兰酒和镜月烧酒翻到了我的雪白大衣上，正子女士和女儿一起去我家，不仅给我做了饭，还为我的大衣掏了洗衣费。真央上高中时，在自己房间和男友勤奋地安全性交，使用完毕的

---

1 作者自注：牛郎过生日或者店庆时定做的独家香槟，一般来说，这种酒在每一家牛郎俱乐部里都要价10万日元一瓶。虽然号称香槟，大多数是劣质发泡酒，难喝，且易醉。寿星牛郎的大头照印成标签贴在酒瓶上，出钱叫了这瓶酒的女孩可以把酒瓶带回家做纪念，和牛郎分手的时候砸碎，心情会稍微变好一些。

避孕套不小心勾在床栏上，就是这位正子女士，面不改色地做了清扫。

"真央，很高兴你回家过年！你工作多多加油呀！"

月进账 200 万日元的真央的主要财源，是把过去在高级风俗店结识的客人直接叫出来收钱办事 [1]，难不成正子的意思是让女儿加油办事？我没多问。反正已经 3 日了，新年快过完了。

*

4 日傍晚，真央的同居男友回来了，我磨磨蹭蹭地离开真央在东新宿的公寓。这个时间回家的话，干什么都感觉时机不

---

1 作者自注：不通过风俗店中介，小姐直接把客人叫出来吃饭加上床。一般有两种形态，一种是每月 50 万日元的月包型，一种是一次 10 万日元的单次型。

对，我给住在惠比寿的前男友发了一条 LINE 短信："出来玩！虽然我没化妆。"他回我一条："没化妆的人别坐副驾。"新年伊始，我们就在电话吵架里耗费了力气。最后我还是回了自己的公寓，给电池用光的手机接上电源，立刻接到茉子的电话。茉子相当于我在东京的亲姐，我非常尊敬她。她在电话里向我汇报："直接收压岁钱太那什么了，我让我妈把 2 万日元直接充到西瓜卡[1]里啦！"她刚从父母家回到她在世田谷区的公寓，路上用那张西瓜卡买了两条烟。三十五岁、个体营业者茉子，就这么过完了新年。

玲子姐姐每次收到免费食物后，都会给母亲写一封乖巧可爱的信。每当她经济不独立的母亲与她父亲吵架之后无处可去，她会把母亲接到自己公寓里住两个星期。

---

1 即 suica 卡，JR 东日本公司发行的电子充值车票卡，一次最高充值金额为 2 万日元。除了乘车之外，可以在购物时当作电子货币使用。

而真央妈妈平时喜欢做陶艺，真央经常向我们显摆妈妈作品的照片或小实物。

还有茉子姐姐，她有个 LV 包包，内侧衬布破了，她让妈妈用小青蛙图案的花布修补好了，欢欢喜喜地经常背着。

我们这些女人，无论年纪多大，就算上床人数超过 100 人，店里个人营业额超过 100 万，客人送的蒂芙尼超过 100 个，依旧是妈妈的女儿，在妈妈面前乖巧可爱，同时因为我们已经长大，所以能用可爱女儿的方式，保护我们的妈妈，给妈妈当庇护所。

可是，我们这些女人，无论年纪多大，都是背叛妈妈的人。妈妈深夜辛苦做年菜时，三十四岁的女儿正在夜总会里鬼畜出勤讨客人欢心。妈妈深夜辛苦做出的陶杯，女儿拿过来，给不是亲爸的糖爹介绍："我喜欢陶艺，这是我做哒。"妈妈深夜辛苦给西瓜卡充了 2 万日元压岁钱，女儿庆幸"这下几千日元的烟钱省出来了，正好充当牛郎店的初次入店钱"。

说起来很奇怪，这种原本很痛苦割裂的矛盾，在我们身上都能毫不费力地体现。我们一边觉得为了母亲的幸福可以做任何事，一边只这么存在着，呼吸着，就深深地伤害了母亲。啊，女儿们多么不孝，不好对付，母亲们多么天真无辜。

这真的是麻烦女儿和天真母亲的故事吗？不完全是这样。

母亲表面上为女儿的行为烦恼，假装受伤，但母亲们真的以天真无知的状态受伤了吗？她们毫无例外，原本也是谁的女儿。说不定，她们一边为女儿的西瓜卡充值，打扫用过的安全套，一边看穿了女儿们小小的放纵和无廉耻，用达观的态度无言诘问女儿：这条人生路，你想怎么走。也许，她们在津津有味地等着看无知女儿愚行之后的悲惨结局。真相究竟是什么，我也不知道。毕竟母亲从前当过女儿，现在是母亲，而我们，目前还在做女儿的阶段里。

回到公寓，我打开电视，放着录好的龙哈[1]精彩回顾，把柑橘醋浇到佐藤米饭[2]上。正吃着呢，我妈发来邮件，说我把围巾忘在外婆家了，以前借给我看的获尾望都[3]的漫画下个月必须还给她，等等。我和她做着例行公事的联络问答，新的一年别别扭扭地开始了。

"你在高高的梯子上裸体跳舞，你也知道自己早晚会掉下来，但对我来说，无论是过去，还是从今往后，都没有办法给你绑上颈圈，把你带回家里。"

---

1 龙哈，朝日电视台搞笑节目《男女纠察队（*London Hearts*）》的发音略称。

2 一种用微波炉加热的即食米饭。

3 获尾望都（1949— ），漫画家。代表作之一《鼹蜥之女》，主题即母女关系。母亲以为自己的长女是鼹蜥，从出生以后就对女儿抱有偏见和厌恶，直到她临死的时候，才发现自己是由鼹蜥变成人类，来报恩的。她内心深处一直埋藏着"对自己是蜥蜴而不是人类"的深深恐惧。她厌恶长女，只是她内心对自己真实身份的厌恶。作者在本书最后母亲之死的几行里，写到"母亲那张脸当然不是鼹蜥"，铃木凉美把自己和母亲的关系比喻成漫画里的鼹蜥母女。

老妈，来干掉这杯龙舌兰酒

1月某个寒冷的非假日里，和我关系还算可以的娜娜求我："这辈子就求你这一次！"于是我跟着她去了歌舞伎町某个最近颇旺的系列牛郎店。和娜娜认识以来，这估计是她第十四次说"这辈子就求你这一次"。（第十三次是陪她一起去前男友那儿还公寓钥匙。第十二次是她买了车，但不想被母亲知道，所以找我对口供，假称是我把车转让给她。）

牛郎店这种地方，用不着她求我，我也会去的。但是这次要去的那家，我已经把初次入店的体验额度用完了[1]，就算不情愿，也得随便指名叫一个牛郎了（我不想被他们缠着开什么香槟酒，也不想每天收到烦人的营业性质的问候短信）。尽管如此，我还是面不改色地告诉娜娜："我陪你去！"

娜娜个子不高，染着亮色头发，三十一岁，职业情人（偶尔也做应召）。我不觉得她真的对谁感兴趣，她只是有一个兴趣爱好，那就是不撒网只凭着一根钓竿，想独钓大鱼，把原本没有人气的牛郎培养成店里的主力。牛郎行当里有个术语叫"培养"，指的是诱哄客人在店里高额消费成为大客户。娜娜正相反，她最最喜欢的事，是把牛郎新人培养成店里的干部。

过去我和娜娜用初次入店的名义一起扫荡过几家牛郎店，

1　作者自注：牛郎店欢迎新客入店尝试，专门为新客设定了无限制饮酒一次 500—5000 日元的低价菜单。这种"初次入店"通常每店只能体验一次，最近的牛郎店为了拉回头客，只要还没有确定想指名的牛郎，可以用初次入店的低价格自由体验三次。

我只对三十岁左右的娴熟牛郎感兴趣，娜娜相反，她对干部牛郎看都不看，只热心寻找卖不出去的"原石"。她说干部牛郎太熟练了，油兮兮的。她那口气，活像一个妄图在色情女郎身上寻求处女性的中年发梦男。用她的话说，她在物色"还没染脏"的男生。所以不用问，现在她正和一个叫斯巴鲁（假名）的年轻男生打得火热。娜娜花了一年时间在新人斯巴鲁身上投资，终于把他培养成了一个很不错的人气颇旺的干部。

那么为什么，这次娜娜甚至不惜使用"这辈子只求这一次"的借口（而且是第十四次），坚持让我陪她去呢？

因为那天要举行斯巴鲁君从"干部辅佐"升迁为"主任"[1]

---

1 作者自注：牛郎俱乐部根据牛郎们的营业额确定职务，先是"组长"之类的寒酸称呼，之后一路升迁到"干部辅佐""主任"和"代表"。这可以看作是牛郎界的升迁路线。但是说到"董事""部长"和"店长"，还有老资格牛郎身上常见的"顾问"头衔，猛一看我也看不出哪个位置更高。

的庆祝活动。这是他第二次升迁。以前他每次办活动[1]，娜娜都是开香槟塔[2]的主宾。但是从去年年底开始，先是斯巴鲁的庆生会，接着又有周年店庆，娜娜已经挥霍了重金，这次没有财力开香槟塔了。而斯巴鲁不愧是要当主任的人，除娜娜之外，他最近找到了其他愿意为他花钱的客人。这回娜娜第一次只需坐在旁边喝喝酒就行，但要目睹其他女客担当主宾。

"这可是第一次哦！主宾不是我，想想都要哭了。我不想看见麦克风[3]递到别人手里，不想听，我待不下去！"娜娜说。

---

1 作者自注：牛郎俱乐部为了推销高额庆祝用的香槟，频繁找借口举办活动。庆生会和升职会之外，还有比如店庆周年、七夕、角色扮演日、公司旅行手信派发日，基本上每个月都有几次活动。活动上一般播放自拍的视频，有特别布置。有的客人喜欢活动，大多数客人不敢参加，因为太贵了。

2 作者自注：牛郎举办个人庆祝活动时，一般叫最肯为他花钱的客人来开香槟塔。塔的价格由酒杯层数和香槟种类决定，歌舞伎町的香槟塔最便宜的100万日元，贵的500万日元以上。

3 作者自注：说到牛郎就会想起他们的劝酒号子。大多数店都开发并练习了自己独特的劝酒号子。在众人高声叫好中，麦克风会递到掏钱开香槟塔的主宾手里。主宾一般会糊弄几句"祝贺你啦""某某君今天也超帅"之类的贺词，在个人隐私保密的牛郎店里，这是唯一能向其他客人炫耀自己的机会，所以偶尔有主宾在话筒前语无伦次，或者激动到哭。

不去不就好了嘛，但牛郎痴就是这里麻烦，不知为什么，这种事情必然会去的。

娜娜打算带着起哄酒友我，一起去参加庆祝，恨饮龙舌兰酒转移视线，肆无忌惮地挑香槟塔主宾的毛病，熬过高度烦躁的时段（麦克风时刻）。

歌舞伎町的酒友就是为了这种时刻而存在的。我一半想看热闹，一半想充当止痛的温柔布洛芬，就捏着 2 万日元去了那家店，完成了提供毒舌吐槽当下酒菜陪娜娜痛饮龙舌兰酒的任务。

话虽这么说，我也是一个喜欢牛郎的姐姐，明白她的心情。

虽然我喜欢和已经打磨好了的、不用发愁营业额的牛郎老手玩，但如果有人拿我当靠山，依赖我，我心里还是高兴的。我也曾有过为"自己不是他第一重要的客人"而纠结难过的夜晚。

娜娜假装冷静地说："小斯有了客人，我为他高兴。他最近工作顺心，所以很开心。再说了，从圣诞节到结账日每逢店里有活动，他都来央求我，我也顾不过来呀。"但是，过去斯巴鲁只有娜娜一个靠山，现在他松开娜娜的手，自己学走路，开始猎获其他客人了，娜娜的复杂心情岂是龙舌兰酒之类的玩意儿就能冲淡的。

*

仔细想一下，我们的所作所为，曾经多少次让父母感受过这种"孩子独立了"的复杂心情。"第一次和妈妈以外的人一起去迪士尼乐园""第一次做饭给妈妈以外的人吃""第一次在妈妈以外的人面前哭泣""第一次让妈妈以外的人褪去内裤"。

完了完了，妈妈会哭的。

但是母亲并不希望自己是孩子终生唯一信任亲近的人。就算是我们，也能想象出母亲一定从心底期盼女儿也能和其他人建立起亲密关系。娜娜衷心为斯巴鲁走红而高兴，牛郎痴之心里兼含着母性之爱。我们的母亲和她一样真实。既然娜娜喝着龙舌兰酒与酒友说着别人的坏话发泄，那么同理，我们母亲心里一定和娜娜一样，存在着那种"我不想看，不想听，不想知道"的复杂感情。

庆祝活动结束后，没想到斯巴鲁以"喝醉了"为理由，没去和香槟塔主宾继续单独喝酒，而去黑洞烤肉店找到正在吃肉的娜娜，回到了娜娜的身边。脑浆早被龙舌兰酒融化得七零八落的娜娜虽然不明白怎么回事，但还是美滋滋的，抛弃了刚开始吃小葱饭的我，起身准备和斯巴鲁一起亲亲热热回公寓。

凉美虽是一个深知牛郎痴之心的懂事婆婆[1]，但此刻依旧不太识趣地悄悄问斯巴鲁："你在这种日子不去陪开香槟塔的女孩，真的好吗？"斯巴鲁先用一句"我喝多了，心里想的都是娜娜，所以不小心就回来了"让两个女人心跳加速感动至死，然后又对我说："那女孩确实为我开了香槟塔，做了盛大庆祝，但真正让我升迁的，是娜娜呀。"这话也太优等生了吧，我简直有点儿生气。斯巴鲁见状，又补上一句"斯巴拉西"（太会说了）的回答："如果没有娜娜的始终鼓励，我可能早就干不下去了。我无比感激娜娜，我可不希望她以为我都忘了。"

弱冠二十三岁的斯巴鲁青年的发言过分优秀了些，但我

---

1 作者自注：现在牛郎店论坛早就成了年轻风俗女的游乐场，我好久没去了，最近去看，才发现三十岁女人已经被高呼婆婆了。不过这正是牛郎论坛最好玩的地方，你只要不是皮包骨，就被叫肥婆，你不是藤原纪香级别的美女，就是丑鬼，你不是十几岁女孩，就是老太婆。

们走进新世界时应该记住，此刻我们的行为正在让谁心情复杂。我们不可能永远依赖父母，自立是绝对正确的选择，我们需要认真寻找一个相爱的人确立新的人际关系，这都是真话。但到了那种时候，我们应该想：之所以能做到，都是因为妈妈铺好了路，还应该找个办法让妈妈也感知到我们确实这么想了，如果这些都能成真，那可比龙舌兰酒有效多了，说不定能冲走妈妈心中的纠结感情。

写到这里我忽然想起来，请大家忘掉斯巴鲁君的好人金句吧，毕竟从根本上说，牛郎是一扭脸就忘记金主情谊的生物，忘得越快，越能成功。

还能忍住眼泪织下去就知足吧

　　我基本上是个越到深夜越活跃的 lady，就算有一整天休息时间，就算下定了今天要慢慢写稿的决心，也大体是看YouTube，逛 mercari[1]，深夜十二点后才想起要干正事，凌晨两点以后头脑才真正开始启动（我基本上是个整日傻乐且心不在焉的人，只有这个时间段才能认真思考事情。就像昨天，我

1　译者注：二手交易网站。作者自注：不用说，大家都知道的二手站。不要的东西能以适当价格转让出去当然很好，但买主层的教养也差到不能看，辣妹文字／乱砍价／反悔联系不上，怕什么有什么。我不是好色男，别跟我用辣妹文撒娇，我不会降价的。

把在新宿 Lumine 买的衣服忘出租车里了，直到今天才发现），大体上我在半夜一点开始工作，如果是一篇 2400 字的文章，等到写好检查完毕，有时窗外天已经亮了。

*

我的大脑平时只维持最低限度的活动，凌晨两三点钟才进入正常运转状态。但在这个时间段里，我的大脑也经常做无用功，发挥出大可不必的效能，超越我的自制。

比如：他正在干什么呢？身边有别的女人吧？如此说来，上次有个女的给他打电话就相当可疑，他肯定和那个电话女在一起呢！他明明保证过要给我打电话，哼根本不见他打，气死我了。好，给他发几条尖酸短信。

比如：上次明确和他说过分手了，要不要现在告诉他其

88

实都是误解，是我错上加错，把事情弄糟了，虽然分手是我主动的，但我还是离不开他。还有就是，他对我根本不好，拿我当垃圾，我受不了，所以想分手，但细想想，他对我好像还可以，并没有那么差劲？就这么定了！现在就给他发一条求复合的短信。

凌晨两三点钟，深夜与凌晨之间的深谷，冷静与混乱之间的窄缝，我的房间与猥杂的我。亢奋和胡思乱想是女人的教养，所以我在周五深夜给男友发了一条 iPhone 屏幕需要使劲划两下才能划到底的短信，内含一句"我要彻底忘了你，莎扬娜拉"。又在周一深夜发了一条使劲划两下才能划到底的短信，用三日以来加了蜂蜜和肉桂小火炖煮到浓稠的心情告诉他"还是忘不了你！我爱你"！尽管如此，我并不是那种难以直视的感情中毒女。

*

说起来很好笑，实际上，我能原谅自己的神志不清，却无法容忍别人的混乱，觉得别人无比可笑。最近我在男闺蜜（三十多岁，有孩子）那儿看到两条短信，都是别人连续在深夜两点发给他的，看得我烦躁不堪，又觉得滑稽好笑。

这几条短信，都是某个住在高知县的主妇写的，主妇和他只是见过几面的关系。

最初的短信炸弹是去年 12 月的。主妇的女儿去了关西¹，好像在干色情业。主妇以开朗要强的母亲形象登场："女儿在寻找自己的人生道路，我会默默等待她找到脚踏实地的职业，独立自强。"

---

1 以大阪府和京都府为中心的两府三县称为关西地区，以东京都为中心的一都六县称为关东地区。

下一个短信是 12 月中旬，主妇女儿的故事进展到了"找了个牛郎男朋友"。主妇有些按捺不住："那种男人哪里好？真不明白她看中了哪点，我是不是该把女儿带回家？"

接下来是 1 月初，主妇发现，女儿去关西之前在高知县租住的公寓一直没有付房租，开始慌了："那孩子放弃了高知的一切去了关西，究竟在干什么。我这么等着，是不是太可笑了？"

1 月中旬，主妇女儿的手机打不通了。"到这份儿上，我只能耐心等了，但愿女儿早日回家。"主妇重新乐观起来。

没过几天，主妇弄清了女儿正在哪家应召店里干活，于是开始暴走："我这就上网买车票，接她回来。"

故事的高潮是前几天主妇把女儿硬拉回家，母女开始同居。"女儿从早到晚玩手机，烦死我了，看她不顺眼，她什么时候滚出去啊！"

人在深夜的想法是颠三倒四的，把这种颠三倒四付诸实际行动真的很要命。她脑门一热，敲锣打鼓地把女儿拉回家，现在又把女儿看成是吃闲饭的，碍她眼了。早知道这样，就该放手。女儿想给那个简称"渣牛"的人渣牛郎做饭，就让她去做，说不定女儿当应召女直接拉客干私活挣钱反倒更充实些。不过应召女挣不到多少钱，考虑到性病风险，还是让女儿在家玩玩手机得了，母亲嘴上虽然唠叨，心里总归更安稳些吧。

无论如何，我以为母亲会欢迎女儿回家，没想到竟是看不顺眼，不禁有些同情那个女儿。

母亲的混乱引来女儿的混乱，母亲一心一意织成的毛衣[1]原本不指望真的有人穿，然而一旦把女儿拉回身边，终于能把毛衣送给女儿了，女儿必然会发现，其实尺寸不合，穿在身上

1　日本演歌《北方旅宿》里有一句歌词：你在远方还好吗，天气渐渐寒冷，明知你不会穿，我还是忍着寒冷，一心一意织了毛衣，女人心啊就是丝丝缕缕牵绊难断。

扎得很痛，别别扭扭的。

　　想来想去，人应该早起早睡才对。

濒临破灭的嫁人情结

"你赶紧结婚吧。"

对一个拥有年龄已过二十七岁女儿的母亲来说，这句话和"最近怎么样""这碗你来洗"差不多，算是挂在嘴边的日常招呼，说或不说，效果差不多。

可是，我妈平时最讨厌这种说不说都无所谓的话，听她这么说，我有点儿出乎意料。

不过再想，一旦从平时讨厌口水招呼的人嘴里说出这句话，就好像经过一番思想斗争之后，认定必须得说，话就显得特别真，让我心里发怵。

自从我过了二十九岁，两边的祖母和外婆就开始没完没了地对我说："米米什么时候能找到一个好男人呀？"让我身临其境地见识到了什么叫作"磨破嘴皮"。（对了，从我小时候起，亲戚们就叫我"米米"，此类昵称变形还有"敏敏""米子""米宝"。如果今后亲戚之外的人谁敢这么叫我，我会心狠手辣地活埋他。）

后来我过了三十岁，我妈开始把这句话挂在嘴边，让我见识到了什么叫作"堤坝决口"。就算还没到决堤的程度，但我妈真的突然就这么说了，直截了当，张口就来。

我妈骨子里是个矛盾而复杂的七十年代人，讨厌刻板印象，现在她都这么说了，我不由得开始想，也许真该结婚了吧。看，我多么实诚。

我骨子里是个不讨厌刻板印象且容易随波逐流的九十年

代人，现在夜夜都在自问："什么是婚姻""婚姻和恋爱哪里不一样"。二十七岁以上独身女的这些疑问，就好像"为什么不能杀人""卖淫为什么是犯罪"一样，也许幼稚了些，但若细究，也找不到答案。

*

即使夜场混乱无序，里面也有渴望秩序的女孩。这种人不是已经结了婚，就是在做结婚准备，只翘首等着合适的人出现。

小爱和我一样，是所谓的高学历夜场小姐，她长得像香里奈[1]，是个正牌美女（正牌美女的反义词是气质不错）。招人恨的是她不仅漂亮，酒量好，还特别会聊天，就算她不稀罕，她也拥有在夜场小姐的当红大道上所向披靡的高能素质。然而在

1　日本模特，演员。

夜场这种地方，姐姐们自我认知的根基就是"满不在乎"。所以小爱非常厌恶自己的高能，一直很不当回事。

我们共事时间不长，当时她在新横滨一家夜总会里干，我在那儿待了一小段时间。下班之后两个人都很空闲时，我们坐店里的车一起回我的公寓。在我家她一边吃独创的健康食品，就是把纳豆放进即食味噌汤里，一边指出店内多种违反规矩之处。"被本指名的小姐明明没有重复指名，波衣却把她叫开，换我过去，指望我拿到场内指名，这种做法不能忍。"[1] "明

---

1 译者注：夜总会小姐除了基础时薪之外，如果被客人指名，可以拿到相应的饮食营业额提成。对小姐来说，指名事关收入。一个新客人进入一家夜总会之后，负责安排座位的男性侍者（波衣）会给客人随机安排几个小姐作陪，客人在几人中确定了心仪的小姐后，当场指名这位小姐，这叫"场内指名"。客人有了固定的指名小姐，之后再次进店后，便会立刻指名要那名小姐作陪，这叫"本指名"。越是当红的小姐，越有可能被不同的客人同时指名，这叫"重复指名"。被重复指名的小姐要去不同的酒桌应酬。这段话的意思是，一个已经被"本指名"了的小姐，明明没有重复指名，不必去别的桌上应酬，却被波衣故意叫走，波衣另派这位小爱过去，希望客人对小爱"场内指名"，再次收取指名费。作者自注：夜总会和俱乐部不一样，客人可以更换指名小姐。所以，当小姐没有完全抓牢一个客人时，她有事离开座位后，客人有可能指名叫别的小姐过来。有的小姐讨厌被"场内指名"，但店方想多收一次指名费，这其中的分寸很难把握。

97

明不是同伴来店，却在换衣服之前就在预约化妆的纸上填了自己的名字，这种人太狡猾了。"[1] "有些人明明没贡献营业额，却优先送她们回家，真不知店长怎么想的"[2]，等等，力证"这家店快完蛋了"，仿佛在执行一种固定仪式。

小爱忠于真理，虽不纯洁，但始终正确而美丽[3]，而且很干脆，不问正确是由什么构建而成的。后来小爱从大学顺利毕

1　译者注：在夜总会营业时间开始之前，小姐先和客人一起吃饭或购物，之后一起进店，叫作"同伴进店"。一般来说，夜总会刚开门时，上门客人少，小姐主动约客人吃饭，然后同伴进店，可以填补这段空闲时间的营业额。小姐和客人在外面吃饭时，会依据餐馆气氛选择相对低调的服装，同伴进店后，再换穿接客的礼服裙，并做发型和化妆。有些夜总会或俱乐部有自己的化妆师，小姐们上岗前需要和化妆师约定时间。如果当晚有同伴一起进店，不能因为化妆和换衣而让客人久等，可以优先预约。这段话的意思是，一个小姐明明不是同伴进店，却插队让美容师先给自己服务，小爱觉得这种人不守规矩。作者自注：夜总会的后台是女人乐园，很多规矩没有明文贴出，全凭默契，破坏规矩的人会遭全员讨厌。
2　小姐下班后，店里用车送小姐回家，通常是有偿的。有的店可以免费乘车，多人一起乘坐，按远近顺序安排路线。
3　纯洁、正确、美丽，是日本宝塚女子歌舞团的口号。

业；进了一流企业，二十七岁的夏天在轻井泽[1]一家清新酒店和与她同岁的广告公司职员举行了婚礼，半年后怀孕，之后辞职做了主妇。她的小公主有个清新如初夏的名字，现在快四岁了。聪明的小爱也许并不相信结婚生子是女性获得幸福的绝对条件，但她做出了判断：这就是正确的幸福。

洋子远不如小爱实诚，但在精心准备和谋略心思上更胜一筹。精通外语的洋子从大学英文系毕业后，做过一阵子空乘。据说她讨厌打扫厕所，所以辞掉天上的工作，下凡回了学生时代打过工的西麻布某家高级社交酒廊。洋子知道，比起银座和六本木的酒吧，她的目标和良好家教更适合应酬高级酒廊的客人。她猎获客人，自己驯养，不用依靠工资也扎扎实实挣到了

---

1 日本避暑度假地。

钱。她花了两年时间，铺平挣钱的路，无须再猎获新客，也确保了丰足到过剩的收入。之后，她从夜世界销声匿迹，做起了职业情人，过上了练瑜伽、养狗狗的生活。

洋子斩钉截铁地认为，学生时代在夜场打工的经历和两年的酒廊女郎生活不妨碍她结婚。她也一直在打造自己的形象，衣着气质和生活方式都是家境优渥的优雅型，结了婚也是个带得出去的太太。她的信念是，夜世界是为了实现目的而存在的，要利用到极限。她那种排除了随机性而全心谋略的样子，即使是在卖笑感不那么强烈的酒廊里也显得格格不入。对她来说，夜场里的一举手一投足，都是计算好的通往幸福的步骤。

不知道这是她们的天性，还是在很早的阶段就学会的，总之为了婚姻，她们磨炼出了"抛弃"的技巧。也许，想要磨炼这种技巧，首先要审视自己内心不那么正确的喜悦，遏制住对喜悦的留恋，先顺从社会公认的"正确"的价值观再说。

公认的"正确"自有说服力，在被说服的过程中，如果我们也能遏制自己的心情，让喜悦和留恋的感触变得钝化，变得不痛不痒，变得能随意忘记，那么我们就不必像现在这样带着残破崩溃的感觉生活了吧。

我妈平时非常抵触把"赶紧结婚吧"挂在嘴边，她绝不想当催婚的母亲。而我们有自毁的倾向。如果结婚是一种可以阻止自毁的制度，那我就有些理解为什么连我妈都在没完没了地劝我结婚了。

恋爱也许不会给我们带来什么利益，但还是有威力的，至少可以把我们从过去的一切中搭救出来。搭救的同时，也从我们手中夺走了一切。

结婚和恋爱不同，结婚虽然在永不停歇地、零零散散地劫掠我们，但不会夺走一切。

怀孕和分娩之间

我已经当了三十二年的女人，午夜一点半收到"例假不来检查后发现怀孕了！"的朋友短信自然也不是什么新鲜事。或者更应该说，当了三十二年女人后的现在，我不再像二十四或二十七岁时那样和她们一起兴奋做怪脸，一起震惊不安了。这是因为我多多少少有了一点儿嫉妒和不高兴。不完全是我现在立刻想要孩子而不得，而是因为我还在犹豫不决，一再把日程推后，同时为自己的犹豫和延迟感到些许内疚，这时候如果其他女人不管三七二十一就把她怀孕的消息砸向我，那么我为此感到的惊讶不安，和孕妇本人的肯定是两码事。

*

嫁给牛郎后搬到九州定居了的纱知，以前碰巧来我公寓过夜，就在我们一起连续看了野岛伸司的《人间·失格》和木村拓哉的《冰上恋人》DVD 的那天，她在我亲爱的卫生间里验出了怀孕。不知为什么，我的卫生间经常变成别人的验孕室。在横滨时和我关系还可以的麻理也是在我公寓借住时，因为月经迟来，用我自备的 Clear Blue[1] 做了检查（结果是阴性）。我大学时代的好友，某广告公司的铁血白领由美，也是在深夜相当微妙的时段发来了短信"我怀孕了"！

1　一种验孕棒。

我陪着纱知和由美一起兴奋，一起手忙脚乱，每逢她们去医院做检查，之前之后我都要打电话询问一下。我用嘻嘻哈哈的态度，兴奋地看着女友们的热闹，衷心祝福她们想当母亲的选择，并以"购物有品味"的友人身份送了最大限度的庆生贺礼，甚至享受了买礼物的乐趣。

顺便说，眼光好的我一般会去 Midtown 的 Time & Style 买软纱毛巾做贺礼，请店家绣上小孩名字。一般母亲不会买这么昂贵的毛巾，刺绣的手写字体潇洒飘逸，Midtown 又在我过去的主战场六本木，所以到目前为止，我觉得这份礼物十分完美。

高中时代一起混过的美奈子给我发来短信"不孕不育疗程刚做一个月就怀上了！"时，不是深夜，而是凌晨。多年来我和美奈子一会儿分开，一会儿黏上，反反复复。高一时我俩并不同班，莫名其妙就要好了。她是全年级头一份儿的辣妹，我以好友身份在年级的辣妹圈里获得了一个舒适风光的位置。她无论是美黑皮肤、购买全套首饰还是染头发都全力以赴，绝不中庸，包括我在内的其他辣妹女生顶多染成接近金色的浅褐，皮肤最多晒成小麦色，根本不做这种妥协的美奈子可谓一马当先，明晃晃地走在辣妹大道的正中央。

但美奈子之后的人生充满了迂回曲折。她从高中退学后，开始在大阪坐台卖笑，我们都以为她就那样子了，不知何时她拿到高考资格进了一所一流大学，随即觉得大学不适合她，开始辍学，被怪异年下男友的前女友缠上，差点儿被刀捅了。渐渐变弱的美奈子，嫁了一个外表不起眼、特别土气、心地纯真、年长一岁的贸易公司职员，为结婚一年多了还没怀孕而苦恼。

她这十五年来的曲折迂回，我都看在眼里，听到她怀孕的消息后，既感慨万分，又真心为她高兴。正因为我们从高中时就黏在一起混，又各自选择了不同的人生，听到消息后我确实有点儿落寞，却没有嫉妒和不高兴。

纱知、由美和美奈子得知自己怀孕后，立即决定要生。这让我很高兴。我的原厂设定里没有"想生"一项，不是因为哪个男人不想要，是我不愿意为了生孩子而把进报社工作、写到一半的研究生论文、每天的男女联欢酒会和每周两次的夜场活动都抛到一边。

最擅长做智慧交谈的我妈谈到当年肚子里有了我时，是这么说的："简单概括就是避孕失败了。"接着又说："开始我还有些担心，不知你爸会怎么说。因为那时我挣得比他多。有天晚上我说了之后，你爸不知从哪儿买来大虾，给我做了烤虾，我很开心。"看来我的出生，是我爸特有的祝福和我妈的当机立断共同促成的结果。

上周，一个和我关系还不错的朋友在深夜一点半给我发来短信，说她怀孕了。这位美帆和我经历类似，都做过夜场小姐，现在也活得吊儿郎当。我听到消息后很震惊，不像听到纱知和由美怀孕时那么单纯高兴，也不像美奈子时那么释然，而是一种偏恶意的震惊。

我和美帆有过职业相近的男朋友，买过同类大牌的包，她现在忽然换鞋了，我感到很孤独。

她和我一样欲望深厚又想法单纯，不会充分利用自己的聪明。她告诉我怀孕之后，紧接着又说："我最直率的心情，是不想生。"

我只回答她："你想想，就算一个小孩家境良好，父母都相当出色，也有可能被世界和时代的旋涡卷走，碰巧迷恋上坏男人，碰巧当了 AV 女优，欠了债，慌慌张张地从一流企业辞职。既然这样，我们这种烂渣生的孩子说不定也能长成特蕾莎修女似的圣人呢。"

一个小孩如果像美帆，可能确实很不好养。说不定，马上会和男人闹出麻烦，挣了一点儿小钱立刻挥霍得一干二净，喝得醉醺醺的，回家时满身瘀青。但终归，世界上有这个小孩，远比没有要好。

我这么想着，咽下了自己的嫉妒。

超凡的妻子们

　　由美推掉了外资银行和贸易公司的入职内定[1]，以几乎顶尖的成绩进了一家人人羡慕的著名广告公司，而且还是代表公司门脸的市场营销部。她减去大学时代增长的体重，换上全套 Theory 和 Foxy 的套装[2]，在入职第一年的冬天怀孕后补票结婚了。十几岁时，我们都是"Pussy & Bitch"辣妹圈里的一员，由美是第一个生孩子的。她女儿成了其他五个阿姨共同的掌上

1　毕业之前拿到的就职录用。
2　时装品牌，Theory 是简洁精致白领风格，Foxy 是高雅路线。

明珠。在众人的温暖疼爱下长大的这个小孩天真烂漫，玩小公主填色时，在理想肌肤色的部分里填了绿，还混上紫，现在六岁了，懂得要强地对她妈说："我喜欢工作时的妈妈，所以妈妈回家特别晚也没关系。"

大学时代的由美有过一个阿拉伯人男友；她曾酷爱嘻哈乐，照相时永远摆着"药！切克闹！"的手势；在欧洲的俱乐部玩时因为喝多了龙舌兰酒被赶出去禁止再入内；被朋友的男友搭讪，没多想就睡一起了；在某个旅日的美国艺术家的强迫下，她差点儿用大腿给他夹出来。总之，由美身上有不少疯狂破灭的部分，她在二十二岁的夏天，洗掉身上的脏，出浴后变成了一个清洁而干练的白领女性，真是聪明得不得了。

与她相比，我和其他几个人任凭疯狂破灭的部分一直侵入身体深处，甚至过着字面上的"日趋破碎"的生活，看见由美华丽变身，心里当然不舒服。我们为由美设下各种诱惑陷附：一起去泰国玩啊！我们要去俱乐部了，你去不去？我们要和有钱男联谊了，一起来吧！当然，看上去很幸福的由美对此坚韧不屈，完全没有犯下损害幸福生活的愚蠢错误。

*

我做报纸记者时，根本没想过要利用国会休息的闲余时间上门采访平时无缘得见的高官，采访之后努力写出惊人文章，最差整理一下所负责的政府部门相关剪报什么的。我那时经常约了由美，去汐留的 Fish Bank[1] 之类的地方吃悠长午餐。由美没有做接长的美甲，总是涂着优美的渐变色甲油，或做着带亮片的水晶甲，甲尖修剪得整整齐齐，满头漂亮的栗色一直染

1　高级法餐餐厅。

到发根，衣着也是精致的职业女性风格，兼顾流行与高雅。而我，穿着件几年前的辣妹大衣只是去掉了人造毛领，心里想着反正也没人看就这么凑合吧，面对由美，除了最大限度地揶揄一下她现在是"优雅多金的孩子妈"之外也找不到更好的对抗手段了。

每当我们的会话中出现"孩子的学资保险""飞夏威夷的儿童机票"等关键词，我就做出夸张的表情，逐一给和我一样灵魂脏污依旧花天酒地的同类女人们发去报道："哀哉，由美离我们越来越远了。"

不过，如果认真分析一下，她的话中总是五成工作，三成孩子，一成对老公的不满，一成精彩的时尚谈或美食谈，比例稳定不变，除非发生了诸如孩子去医院缝了四针、奶奶持续送来那种鬼才会穿的手作衣服之类的特大事件。

由美以同辈 1.2 倍的速度创下业绩，得到上司赏识，拿了某个广告奖，潇洒地构筑起了超凡人生。周围人都说她好棒啊好厉害啊太完美了招人恨啊，但她根本不为小失败而焦虑。就连她女儿也一样优秀，从保育园升到幼儿园的当天就在简单的功课考试上拿了全班第一名，与她同公司的老公顺利升迁，现在公司正在考虑派他去海外分公司任职。

*

　　有一次她对老公发了大脾气，原因竟然是舀咖喱的大勺子究竟是扁平的好还是深弧形的好。当时在东京都厅上班的我有些担心，就约她去附近的住友三角大厦某餐厅吃午饭，耐心听了她的牢骚。

　　她老公是那种只有傲慢劲儿和身高是东京大学毕业级的男人，情商和努力总是朝着莫名其妙的方向一路狂飙。据说由

113

美怀孕时，他去由美父母家求亲时曾说过类似"无论做家务还是育儿，我都会最大限度地努力。由美只要待在我身边就好了，由美的陪伴就是我的最大幸福"之类的可疑大话。一旦真的结婚了，他所说的"做家务"就只是早晨把垃圾袋拿到公寓的垃圾站这一项重大任务而已。而且实行任务时一副"看！我在做家务！"的得意嘴脸，让人不好说他什么。由美为此积了不少怨气。

"其实也谈不上什么外婆差距[1]。"由美不愧是广告公司营销部的，紧跟流行语，"我父母家离我家开车 5 分钟，他父母只隔两个地铁站，我的育儿环境相当好的。"由美说的对，她的育儿环境非常好。两边父母本来就很富有，因为宠溺孙辈，在经济上对他们援助过剩，使原本双方收入就都是 1000 万日

---

[1] 暗指一个人是否是大城市人。成长、结婚工作和成家都在大城市，住在同一城市的父母可以帮助照看孩子，父母老后也方便照顾。

元级的由美家自从孩子出生，存款额也噌噌涨了上去。

"但如果孩子发烧了，就不是哪边父母过来照看就能解决的事，对吧？如果我晚上加班没赶上最后一班电车，即使有外婆陪着孩子，我也没法安心，对吧？事情的核心是我想陪在孩子身边。不能和孩子在一起太寂寞了。就算我事业有成老公能干，两边家长都宠孙辈，家里钱越来越多，可是听到孩子说出'就算妈妈下班很晚，我也爱妈妈'的时候，我还是无言以对。"

她在顶尖广告公司创出的顶尖业绩也证明了她口才非常好。确实，在大学时代，她经常用幽默的口吻讲述前男友、情敌和其他朋友的坏话，逗得我们哈哈大笑。那时她是富裕家庭的千金，聪明又美丽，精通两门外语，衣着时髦漂亮，然而她十九岁时的人生充满了不安稳，她本人也没什么信心。那时的不满那么简单易懂，什么男友药物中毒，什么朋友先拿到了好公司的 offer，什么雪儿的连衣裙卖光了，那么幼稚，还能转化成几句搞笑的牢骚。

结婚生子之后，由美的人生变沉重了，不再是几句幽默牢骚就能化解掉的。她穿着远比大学时代更讲究的衣服，指甲美丽发型精致，老公高收入，孩子优秀，她已经无法恶形恶态地向世界吐口水了。我一边嫉妒她的高级人生，一边安慰自己：这种需要时刻保持优雅姿态的生活太憋屈了。

将过剩的腻烦抛掷到忘却的远方

    花奈的公寓除了位于港区一个不太起眼的电车站，并且下车还要走一阵子以外没有其他缺点，视野开阔，附近有超市，宽敞的房间里装点着高级家具，可见过着美丽生活的花奈和挑房子时只看地理位置的我大不相同。她还养了两条美丽小狗，一条吉娃娃，一条西施犬，虽然在我看来，两条狗穿着花奈觉得品味好价格贵而我认为很恶俗的衣服，根本就像花奈美丽公寓里的一种装饰品，不过我不是什么动物保护主义者，所以觉得两条狗和公寓里的洛可可风格镜子以及四柱大床一样只是样子很贵，我并不憧憬，看看就行了。

好像是两年前的秋天，我第一次去了花奈家，因为她说"公寓网络接触不太好，如果你帮忙看一下，我就送你两条Snidel 和 Grace Continental 的新款连衣裙"，总之用实物引诱了我。我从过去在新大久保买的大量鼻翼黑头贴里拿出几个，又从大包润唇膏里拿出一支，当作伴手礼，乘坐电车在港区那个不起眼的车站下了车。她抱着吉娃娃在路上接到我，我们顺路去了便利店，各自掏出钱包，各自买了香烟和茶水，然后去了她位于20层大厦内的公寓。

"我刚订了两个组合式衣橱，等送到了，走廊里的衣服就能全部放进去了。"她向我解释。我已经是物质女郎了，她衣服和化妆品的数量是我的四倍。她的卧室一整面墙都是壁橱，还是放不下，起居室和走廊里摞着大量衣服和鞋子的包装盒。每件衣服都叠得方方正正，所有化妆品都整整齐齐地装在盒子里，太没有生活气息了吧，我感觉很乏味。

借用卫生间时，我看见里面摆着酒和矿泉水，很不理解她的思路，于是问她："为什么里面摆着菲丽和水晶鞋[1]？"她平淡地回答："因为好看。"更气人的是，吉娃娃和西施犬也一同向我投来"你有意见"的视线。我再问："你的衣服也太多了吧？"她回我："因为我经常买。"好吧，我闭嘴。

花奈跨行兼营美容业和性产业，月收入不下100万日元，无论当月有多么高额的临时收入，她每月也只存20万，其余都毫不吝惜地花在化妆品、衣服和美丽家具上。她经常说："如果想着要给妈妈攒医药费，我能更努力地工作赚钱，如果

1　作者自注：菲丽因为玻璃瓶可爱，在牛郎店里卖10万多日元一瓶，号称"世界第一贵矿泉水"。水晶鞋是一种装在高跟鞋形状的玻璃瓶里的染色酒精饮料，因样子甜蜜浪漫，在牛郎店里售价几万日元，比其他摆在外面的酒便宜，刚开始玩牛郎店的新手大多会买下来存放在店里，但背地里要被人嘲笑。总之，这两种都是牛郎味儿很冲的饮品。

妈妈还在，我会搬到更好的房子里。"

花奈是单亲家庭的孩子，由母亲抚养长大。花奈三十二岁时，母亲去世了。

她母亲在生命的最后几年里，依赖花奈的收入生活，因为身体不好经常住院，过了六十岁后失去工作能力，退租了原本在秋留野市的小公寓。花奈在现在狗狗房间的一角铺了被褥，让母亲睡在那里。

那个时候，花奈正打算从夜场洗手，用存款开了一家小小的美容公司，却不得不把母亲接来同住，被母亲占去时间精力和金钱。她一直非常不满，总发牢骚"如果妈妈不在，我能更努力地工作赚钱"，"妈妈太花钱了，我的公司要推迟一年才能开了"。还以不想看见母亲的脸为理由不回自己公寓，去朋友家借宿过。

花奈母亲去世很突然，一直忙于工作的花奈表现得很坚强。但我看出来了，她好像有种终于卸下重担的解放感。母亲不在了，她的工作开始进入轨道，与此同时，"因为妈妈不在了"变成了她的发言前置。"因为妈妈不在了，各种家务事和办手续都得我自己做"，"因为妈妈不在了，我也没劲儿努力了"，"因为妈妈不在了，我没有可依靠的人了"。

她曾那么腻烦母亲，现在却把母亲神格化，高举"因为妈妈不在了"的免罪金牌晃给别人看，我觉得挺没意思的。住在美丽公寓里的花奈，对美丽而完美的生活有种执念，一旦生活中出现少许破绽，母亲在世时她怨母亲在世，母亲不在了又把责任推卸到母亲的不在上。从前她和男人吵架之后跟我们诉苦时，就有编故事把自己洗得雪白无瑕、把男人描黑成百分百恶人的习惯，从不自嘲。在我看来，作为一个女人，她这么做反而不太聪明。

5 月初的一天，时隔很久我和花奈一起去做矿物浴，说到"最近工作不太顺利"时，她照例亮出金牌："凉美你还有妈妈呢，要好好照看她才行啊。"听得我快烦死了。

但是，她随后说的那句"妈妈在时虽然腻烦，终究是开心的啊"一定出自真心。面对向往完美的女儿，只要女儿幸福便一切都好的母亲主动背负起了破绽的责任，希望以此给女儿的生活增添生气和韧劲儿。如果真是这样，那么花奈的妈妈在死后，也依旧做着这份母亲的工作。

和妈妈一起做

在我不太靠谱的感觉中，大概 70% 的日本人在为坂口杏里[1] 担忧。我觉得不用操心，她可是高价商品，AV 业界的顶尖 VIP，待遇应该很好。有人拉出杏里去世的明星母亲来做对比，

---

[1] 作者自注：她泡牛郎，做整容手术，堕落到演成人片，能踩的雷都踩遍了，不能再典型，而且让媒体也掺合进来，就像在全国大众面前演真人秀。译者注：坂口杏里，1991 年出生，日本演员，艺人。母亲是从七十年代开始走红的演员坂口良子。杏里幼年时父母离异，她跟随母亲生活，十五岁时以星二代身份进入娱乐圈，出演了电影和电视综艺。二十二岁时母亲病逝。杏里二十五岁时开始出演 AV 成人影片，二十六岁以恐吓未遂嫌疑被拘留，同年开始在六本木的夜总会坐台，二十七岁时做了应召女郎，二十八岁以入侵私人住宅嫌疑被拘留，2022 年三十一岁时结婚，两个月后宣布离婚。本书出版于 2017 年，那时坂口杏里二十六岁。

认为明星母亲一定在天上为女儿难过，温柔和善的母亲去世之后，女儿竟然沦落至此让人掩目什么的。我想，杏里就算做了让母亲伤心的事，也是在母亲去世后才做的，是个有良心的女儿。

当然了，我这想法和"母亲一定正在天上哭呢"一样，都是多管闲事，多此一举。

我很不理解那种母亲和女儿打扮成双胞胎，在银座大街上大模大样散步的举动究竟哪里有趣[1]，或者干脆说，我对男女情侣装也不感冒，不明白有什么可开心的。情侣还能以"恋爱让人盲目"为理由释怀，毕竟恋人们正处在"连筷子掉到地上都觉得甜蜜好笑"的阶段，但亲子关系又没热力，根本燃不

---

1 作者自注：二合一时尚本来是女高中生的玩法，两个要好的女生去109那种店，买款式一样、颜色不同的衣服，出去玩时穿着，像双胞胎似的可爱。换成年龄和身高都相差太多的母女，这么打扮就有点儿不忍直视。

起来，那么做简直异想天开，离奇怪异。不过话说回来，人家愿意那么穿，过程一定很开心，无法理解的我才是怪人。总而言之，亲子之间的事，只有当事人才懂。

这些年来出现的一些社会现象比如女高中生的援助交际，《小恶魔Ageha》杂志[1]以及AV女优的偶像化，等等，都是对性产业的美化和生活方式化，可以称为"Stigma[2]净化运动"。运动的一大功罪，在于给那些原本并不贫困、家庭生活不算太悲惨、出于自我选择才走入性产业的女子贴上了不孝的标签。如果那种替家里还债而被卖到吉原的女孩是"极孝"的话，那么现在的性产业越是脱离贩卖人口式的强制形象，从概念上说，

1　译者注：2005年开始刊行的辣妹时尚杂志，被称为夜总会女招待的教科书。在社交网络不发达的年代里，起到了辣妹知心论坛・辣妹群的作用。作者自注：夜总会陪酒女原本是面向男性的商品，这本杂志将其塑造成了面向女性的商品，这一点非常了不起，现在社交网络发达了，功绩更显突出。这个话题以后有机会再谈。

2　英语，指罪名、污名、烙痕。

性交易与孝行就越没有关系。但现实是，即使是现在，也有一种古典情怀的淑女，以"孝顺父母"为目的奋不顾身地走进了性产业圈。

*

直美非常聪明。有多聪明呢？她后来被警察"保护"到警署后，"警察给她做了一个智商测试，出来的数字相当恐怖"，以至于成了传说。

最喜欢评论别人的怜末回忆说："所有人！不管是朋友还是雇主，在场的人，都压根没想过直美才十四岁。直美就这么成熟，精神上早就是大人了，不是普通的初中小女孩。"

确实，直美自称十九岁，我也信了，至多觉得她有点儿天真傻气，从未感觉到不自然。话说回来，直美的智商恐怕比我高 50 分，我居然说她傻气。后知后觉，我看人眼光之差也足够震惊的。

AV 女优第二天要拍片时，可以提前住进专用宿舍，记得那时第二天我要拍封面照[1]，担心早晨起不来，所以在宿舍过夜。那时我还处于做梦时期，以为只要舍得买衣服和化妆品，第二天醒来就能突然变身大美女，所以没少给伊势丹和涩谷西武[2]送钱。在宿舍，我第一次遇到了直美。那时我在有四个沙发的公用客厅里，蒙着美容面膜往脚上涂美足霜。

直美一点儿都不认生，亲亲热热地和我打招呼："你这戒指哪儿买的？"因为认生性格拘谨所以在业界没结下几个朋友的我，听后平铺直叙地说出品牌名："啊，这个？ Star Jewelry

---

1 作者自注：现在只要上网，AV 的试看短视频要多少有多少，过去，封面照才是最关键的揽客工具。有时拍封面照比拍片还重要，经常要花一整天时间。

2 东京的大型百货商店。

的。""多少钱啊?"她问。我呆板地告诉她大概 5 万日元。

聊了几句后我才知道,当时直美尚未出道,还没确定要拍 AV。她说自己是冲绳人,和朋友在福冈时被 AV 星探搭讪,现在住进宿舍,一边参加面试,一边拍一些宣传照片什么的。我身高一米五八,她比我矮五公分,头发染成亮褐色,皮肤白白的,看着像小地方的普通夜总会女郎,周身之物除了一个 LV 包之外没有高级的,堆积如山的常用化妆品像是街边药妆店里的货色,就连大如旅行袋的 LV 包,她也说是仿货。

"我也想赶紧挣钱,买你这种化妆品和首饰。"她说。

我问她以前在哪儿干,她含混地回答:"就是在夜总会打了些当日结算的零工。"又接着说,"我跟我妈说,我要拍 AV,我妈就把工作辞了。她原本可是学校的老师呢! 我妈辞了工作后,想考开大卡车的驾照,当运货司机。"

她在说什么呀。话中的妈在想什么呀。我完全不能理解。

反正我不理解的事多了去了，所以我没有做太大反应，只淡淡地问："啊？你告诉你妈了？你要拍 AV。"

"嗯。我妈一听，说会为我的梦想加油的。因为不想给学校添麻烦，打算把工作辞掉。"

"你妈没反对？"

"嗯，没。她可能有点儿伤心，但她说了，会支持我的。"

我所理解的"通常"里，也许有的家长听说女儿"拍了AV"之后，会辞去教师职业。但听到女儿"想拍 AV"就立刻辞职的，闻所未闻。通常来说，母亲驯服年轻冒失不懂事的女儿，或者干脆把女儿关在家里不许出门，才更省力气。我父母都是老师，当时我一直战战兢兢，生怕自己年轻冒失不懂事的行为露馅。所以听到直美的话后，感觉她不像地球人。她妈也太通情达理了吧，这种通情达理真的好吗？

我和直美一共见过两次。第二次是一个半月后，地点还是女优宿舍。我因为别的事在那儿过夜，而直美一直没走，把宿舍当成了家。那次不止我们两人，还有前面提到的怜未。

那天，直美和怜未去涩谷逛街，买了 Sonia Rykiel[1] 的打底霜和粉底。问过几句得知，直美已经给两本杂志拍好了照片，下周就要第一次拍 AV 了。

"我和怜未同岁呢，这个粉底好用也是她教的。"直美给我看新买的化妆品。我觉得哪里不对劲。因为一般来说，女孩第一次买百货店品牌的粉底，绝对会买 RMK 或者肌肤之钥[2]。直美让我觉得可疑的地方，只有这一处。怜未确实用过一阵子 Sonia Rykiel，但一个女孩第一次拿到高额报酬，挑这个牌子显得有点儿冒险。

1　法国时装品牌，化妆品部分由高丝（KOSE）子公司奥尔滨（ALBION）代工，1987年开始销售，2015 年终止。

2　作者自注：80% 的女生用过 RMK，80% 的高收入女子用过肌肤之钥。这是粉底界的两大巨头，必经之路，除非是特殊敏感性皮肤，或者坚决不想从众。

最终我们知道了，直美的各种事都是假的。

她不是十九岁，不和怜未同岁，没有在学校当老师的母亲，老家不在冲绳。传说她的身份证明是把她姐的改造了一下。真相如何我们也不清楚。那时她拍完一个 AV 后，休息日里在繁华大街闲逛时，被警察以"保护未成年人"的理由带走，由此暴露了她篡改年龄出演 AV 的事。

直美大名传遍业内，最终片子没有上市，制作公司的某人为此被拘留了一阵子。AV 业内确实有可能遇到这种事，未成年少女伪造身份卖淫，相关者毫无知觉间变成了犯罪人员。其实 AV 业界对年龄身份检查得极其严格，直美这种人很少见。

*

"直美和她妈是同谋。"那之后我在拍摄现场遇到怜未，

"直美和她妈粘得太紧了，她除非断绝母女关系，不然无法改过自新的。"

怜未和直美同属一家经纪公司，还"被同岁"过一阵子，所以很在意直美的事。直美出来后，两人联系上了。

据怜未说，直美下定决心要在十八岁生日后重新 AV 出道。我记得我当时的感想是，十几岁女孩变脸比变天还快，匹敌换电视频道的速度，当不得真。

"她妈就是做卖笑生意的，给她伪造了身份证，教给她各种经验，故意让她在中州四处转悠好吸引 AV 中介的视线。"怜未不告诉我情报源头，这多半儿是她从制作公司听到传闻后自己加工了一遍，她说话一向是断定的口吻，不能完全相信。真相如何，没人能说清。

但在我心里，直美的谎话不重要，差点儿 AV 出道也不重要，至今我也觉得不可思议的，倒是我们初次见面时的对话。

她受到母亲胁迫，才出现在 AV 女优宿舍，这事不说倒也罢了，为什么要把母亲编造成学校老师呢？而且是一个通情达理的母亲，愿为女儿的所谓梦想抛弃教师资格去当运货司机，有胆子，有魄力。无论怎么想，我都猜不透这段谎话的意图。

那之后我们没再见过面，从怜未那儿也没听到后续，所以无从确认谎话的真实目的。就算我去问了，头脑凡庸的我未必能问出真相，也未必能理解。我周围众人的闲谈里只有恶毒的母亲，无论如何，直美在为母亲说好话。

这也许是她对母亲的庇护和援助，也许，她只是想逼真地描述一个与现实截然相反的理想母亲。仔细想想，聊天时我根本没问她妈的事，是她主动把母亲塑造成了对话中的关键人物。她为什么这么做，这本身就是个疑问。要知道，绝大多数的 AV 女优干这行并没有得到父母的理解，或者从根本上讲，AV 现场里基本上听不到谁提起父母，除非是在"被父母发现就完蛋了"之类的句型里。

　　所以在我看来，无论直美是受了母亲的胁迫，还是如她所述得到了母亲的理解，她年轻冒失的行为背后，都贴肉附骨地粘着母亲的身影。

　　顺便再说说怜未，她母亲从前做过夜总会小姐，非常年轻时生下她，她爸原本是牛郎，这两人经常吵架，以至于"夜场女和牛郎当然养不出正经孩子"成了怜未的口头禅。

北方父母家来信

　　上个月，又一个与我同龄的友人离开了东京。我三十三岁，至今为止送走了太多友人，数字已经没有意义了。大概是过了三十岁的时候，我忽然觉得，原本就寥寥可数的依旧留在东京的几人不仅仅是朋友，更是绝处求生的幸存者，萌生出了小圈子的战友意识。所以现在的送别已经不似二十五岁时送纱知远嫁鹿儿岛那样，多了一种别样的寂寞。我开始留意她们抽身而退时的姿态，也想知道，她们最终因为什么下了决心。

　　虽说都是离开东京，理由各自不同。有人因为公司内部调动，有人是男友即将去海外工作而被突然求婚，有人在孩子出生后去土玉[1]买了房子，有人决定去外地的国立医科大学重新求学，有人回老家照看年迈父母了。对当事人的人生来说，当然意义大不相同，而我们留在东京的人的感觉是共通的："啊，又有一个人离开了。"

其实"告别"这种事，除了死别和男女撕破脸之外，其他的都能用物理手段解决，比如某女即使搬到福冈附近，我们可以随时过去看她，与深深的沮丧和失落感无缘。或者说，那既不是失落，也不是悲伤，而是心中一直残留着淡淡的不甘。看来我们还是生活在一个和平时代的好国家里。

唯独紫穗，每次想起和她最后喝酒的场景，我都有点儿伤感，堪称一反常态。也只有紫穗能让我这样。她在歌舞伎町

1　即埼玉县，位于东京之北，经常被人利用谐音而调侃土气。

一直干到三十三岁，上个月回了乡下老家。虽说她要走了，我们共同的熟人还没多到能开个欢送会的程度，最后她在 LINE 上给我发了一条"我回家了"，我才知道有这事，再就是我俩共同的熟人——某夜总会副店长在她回乡之后，告诉我她上个月就搬走了。

我和紫穗最后一次喝酒，是在歌舞伎町区役所路上的一家 After Bar[1] 里。那次，是比我小两岁的夜场女友理香和另一个四十岁的风俗小姐佐纪在"After"。不知为什么，佐纪（异性恋）经常去友理香的夜总会玩，专门指名要友理香作陪。她俩正在酒吧时，我和紫穗也加入进去了。

1　如前释，在夜总会营业时间开始之前，小姐先和客人一起吃饭或购物，之后一起进店，叫"同伴进店"。同理，营业结束后，客人与小姐一起出店，找酒吧小坐或去餐馆吃饭，叫"After"。

佐纪很快就喝得烂醉，撂下 2 万日元纸钞，坐出租车回了北千住[1]。送走她后，我、友理香和紫穗嘻嘻哈哈地说：要把这 2 万日元花干净了，今夜才算完。我们从附近的三明治店叫了外卖，要了油炸厚蛋烧、炸虾饼、与我们年龄相悖的不健康三明治，还从酒吧要了玉米须茶和郁金茶，兑开镜月烧酒一起喝了，这种喝法倒是很衬年龄不饶人的三十境女。

友理香一直过着在歌舞伎町干一个月、在长野老家干一个月的交替生活。她在二十五六岁之前，是歌舞伎町一个小夜店里的当红小姐，现在一边在歌舞伎町某大店坐台，一边帮母亲打理老家的小酒馆。她说，等她妈干不动了，她就完全撤回老家，继承妈妈的店。友理香称不上大美人，但聊天话题丰富，特别会带动气氛，是暖场高手，能做正经的社交活动，这种拔

---

1 东京地名，位于东京北部。

群的素质足够她在这行里顺顺利利干一辈子。她瘦瘦的，一开口是稍显沙哑的烟酒嗓儿，穿衣打扮不那么耀眼华丽，要说她是小酒馆的妈妈桑，真就特别像。

"我的问题，主要是我妹。"友理香解释她为什么一半时间留在歌舞伎町。

"我妹在老家结了婚，就住在我父母家附近，几乎天天泡在娘家，倒是没离婚。她只在十几岁时去店里帮过一次忙。所以，我和她过不到一起。"

友理香说，她和妹妹不是同一个爸。妹妹特别嗲，总是让友理香买各种限定化妆品和小礼物回去，高兴劲儿摆在脸上，还撒娇说要和姐姐一起睡觉。友理香擅长待人接物，就算心里不情愿，也没多说什么。友理香和母亲去店里上班时，妹妹经常在家烤些甜点什么的，等她们回来后，得意扬扬地端出来。友理香的母亲和这个没用但足够可爱的小女儿相处得很好，友理香不觉得妹妹格外讨厌，确实挺可爱的，但不懂事、性格大大咧咧，她和妹妹一起生活不能超过两个星期。

"就算和妹妹过不到一起，我也不想放弃长野的店，打算在那边多待，我妈现在身体还好，就是一个人怪可怜的。店里现在雇着其他人，很多地方还是得靠我。"

作为歌舞伎町的夜总会女郎，友理香稍微有点儿珠黄，但她有很多老客人，也深得年轻后辈信任，所以她在这边的立足之地还很宽裕。

"友理香，你在这边的工作也是为以后打基础，挺好的。"紫穗说。

紫穗只拈了一块三明治，之后就没再碰，只喝着用郁金茶兑开的烧酒。我很理解她为什么这么说。

"还是小紫厉害。原本你都不用出台了，还认认真真地不时出勤。还当了酒吧店长，老板特别信任你呀，肯定会把更多店交给你的。夜总会那边也舍不得放你走，对吧？"

"瞧你说的。我去夜总会上班是为了美容。还有就是金钱方面的平衡感，我打理酒吧之后才知道，光 10 万的营业额，就有多么不容易。"

"这个我懂。我操持长野的小酒馆后就想，夜总会特别贵！"

以前，也说不上是很久之前，友理香曾放过豪言壮语："连 10 万都不花的，算什么客人！"当然，她说归说，其实即便是用 2 万块最低价格玩完一个钟点的客人，她也很耐心亲切，正因为这样，所以就连佐纪那种女性客人也喜欢她。只是她可能有一段时期，需要摆出豪气姿态来装点门面。所以，当我听到她说"夜总会特别贵"之后，惊讶之余，又有种难以形容的心情，不完全是失落，也不完全是松了一口气。

"紫穗，你是不是打算跟着年龄走，逐渐把精力放到酒吧那边？"

友理香来东京打工之前，就已经有了老家小酒馆的精神退路，所以，比起她，我更关心紫穗今后的去向。友理香选的路可以说是典型路线，也可以说是一种特权。我和她完全不一样，就算对她说的话感兴趣，能随意附和，觉得亲近，但心底里仍知道我们是两路人。

"也不是。如果问我真的想干酒吧吗，我也回答不好。不过，我二十六岁去了六本木，三十岁时回到歌舞伎町，觉得这行已经做到头了，到极限了。如果是在六本木，可能还能多活几年，但也就是三年和五年的区别，终究会感觉做不下去。我觉得自己已经不行了。"

"这么想的人很多啊，有些人慢慢找了白天的工作，有些人结婚了，唯独小紫不一样，已经做出资历了，确实厉害呀。"友理香说。

我也深有同感。这世上做陪酒行当的女性数不胜数，但几乎没人能以此安身立命。大多数女人把这段经验锁进一个叫作青春的箱子，转身去了其他地方。在有指名制度的店里工作的男女，这个趋向都非常明显，尤其是按小时拿工酬的年轻女孩，一旦过了能拿高薪的好年华，就会凭着惰性一边在店里凑合着干，一边开始在外界找落脚的地方。

　　在这种环境里，从夜总会女郎干起的紫穗，可以算是少见的做出了事业的人，是我的偶像。她无论在歌舞伎町还是在六本木，身上没有那种知名夜场女郎特有的耀眼华丽，每天踏踏实实地上班，返回歌舞伎町一年多后，就被委任为店长了。

　　"不可能不想的。我来东京，本不是为了干陪酒。好歹最开始是来上学的，这期间为了挣零花钱打工，结果就留在这行里了，说起来和别人也差不多。虽然一路认认真真地干下来了，不愁衣食，但也不是非干这行不可。"

"最开始你上的是什么学？职校？"

"不是，是短大[1]。我有一个哥哥也来了东京，老家没剩下孩子，我父母年纪也大了。我新年倒是回去的，我父亲很早之前就得了糖尿病，母亲一直糊里糊涂的，忘性越来越大了。"

那时，正是我母亲去世前不久。那天我去圣路加医院的缓和医疗病区陪了母亲半日，出来后和紫穗她们喝的酒，所以觉得紫穗说的这些确实很重要。但现在回想，就觉得紫穗的乡下父母虽然称不上无病无疾，但也没有迫在眉睫的大事啊。而且，在此之前，从没见她谈及母亲。

"我想起来了，小紫你说过胃不舒服？去医院看了吗？"

"对对！上星期好不容易休息了一天去了医院。干这行要在店里一直待到早晨，总赶不上医院开门时间。检查过了，和

1　两到三年的短期大学。

我想的差不多，神经性胃炎，不严重。"

"胃疼吗？"

"疼。所以我就认真考虑了。再说父母不知还能硬朗几年。每年只是新年才回趟家，也不是个事儿。"

我们吃光了油炸厚蛋烧三明治，炸虾排剩了一点儿，偶遇友理香熟识的牛郎来酒吧和客人一起"After"，又一起喝了不少酒，唱了几阵子卡拉OK，在酒吧待到凌晨四点。虽说女人在健康欠佳时心情也会变得孤独是常见的事，但紫穗会说出"父母年纪大了"这种酷似大黑摩季[1]歌词的话，我还是很吃惊。

1　女歌手。

最终，我们和以往一样，说了一通自己的生活现状之后，开始说别人的闲话。比如友理香店里的二十四岁女孩和她妈一起去迪士尼乐园玩，买了配对的毛绒玩具，发了 instagram。紫穗酒吧里的女孩辞职之后开始卖肉了什么什么的。七嘴八舌，红火热闹。友理香抱怨现在的年轻夜场女对父母零内疚，休息日之后该上班了，甚至让父母开车把她们送到歌舞伎町，根本不觉得什么，让我印象深刻。

最终，这次喝完酒后，我们再没见面，紫穗就回了秋田县老家。

想问她在做什么，又觉得不必多问。只知道她的胃病其实不怎么严重，她打理的那家酒吧，生意也还可以。我母亲去世时，我没有特意告诉紫穗，她大概看到了我发的时间线，临走前告诉我她要回老家了的同时，另加了一句安慰我的话："太遗憾了。"

她如果想结束并告别一段生活，肯定有自己的办法。所以，当我听到她提及从未登场的母亲时，既感到意外，又觉得合乎情理。女人年轻时未做多想，进了夜总会，年过三十之后就很难脱身。如果把父母抬到表面上，对有些人来说，用这个借口可以丢弃现在的生活，说出去别人也信服。

友理香几乎在同时期辞掉了夜总会的工作，她没回长野老家，而是在东京开了一家既不完全是酒吧也称不上是小酒馆的奇妙小店。据说，她回长野的次数也少了。

非在场与时间

"你在哪儿？又不打算回来了？你在信上写了什么？等我回去就看信——父亲"

十四年前的秋天，在横滨车站西口的一家专卖贝果和沙拉名叫西雅图咖啡的店里，柚莉爱给我看她的手机画面，和我商量该怎么办。

"无论如何，回复一下比较好吧？不然你爸又要报警，说你失踪了。"

"就算我回信，他也照样报警。如果我真的回去了，肯

定要被他关禁闭。看来我一时半会儿不能上班了，不然店和
Double 都会暴露。"

"换一家店不就好了吗？普通的夜总会不行吗？"

*

那时我十九岁，已离开父母，独自在樱木町和关内之间
找了一间虽然很新却异常狭小的公寓住着，刚刚开始在横滨站
西口不远的一家联营大公司开的夜总会里坐台。之所以在樱木
町车站的徒步范围内找房子，因为从那儿到我在湘南台的大学，
是地铁直通，不用中途换乘，当然这只是勉强能说给别人听的
理由，其实这条为我接通着白昼正常世界的地铁，一年里我只
坐了不到十次。

柚莉爱与我同龄，当时在上职业学校。她在的那家表演

水舞秀的夜总会和我在的店，同在横滨车站西口附近的一座楼里。顺便说，我当时就不理解为什么跳舞需要水，直到现在也不明白那店的存在意义，不过现在我不想追问。

我和柚莉爱是同一个劝诱员介绍过来的，我们在劝诱员的公寓里玩过《胜利十一人》[1]，还经常加上别的劝诱员和夜总会里的内勤男一起，去居酒屋喝酒，关系相当好。

柚莉爱家在东户塚，最开始，她每天去职业学校上学，一周打三次工。她没告诉父母自己在夜总会（而且是跳舞秀时要用到水的夜总会）里打工。后来她渐渐泡在牛郎男友（男友在一家叫 Double 的牛郎店里干）的公寓里经常彻夜不归，打工次数增加了，不怎么上学了。总之是常见的青春故事情节。

---

1 科乐美（KONAMI）公司开发的足球游戏。作者自注：夜场男里很多人是骨灰级玩家，给手机游戏每月氪金 10 万块的人也为数不少。但越不是游戏迷的人，公寓里必定有《胜利十一人》。

女儿长期不回家，也不好好上学，忧心忡忡的父亲报警说女儿失踪了，柚莉爱把心一横，没理会。父亲雇了私人侦探之类的，埋伏在 Double 门口，早晨一举捕获女儿，抓回了家。我和柚莉爱联系得很频繁，经常下班后一起去唱卡拉 OK，联系不上她了，我正觉得奇怪呢，柚莉爱发来邮件，说她被父亲软禁在家，手机也被没收了。

不知是父亲心软了，还是其他什么原因，总之柚莉爱拿回了手机，随即趁父亲上班不在家的时候，留下一封信，把需要的东西装进一个仿 LV 的透明包里，避难逃跑了。那天她带着一大堆大行李，声称打不通男友的电话，把我叫到了那个贝果店。

＊

"等你和勇气君联系上了，先把行李放他那儿吧？"

勇气君是个二十四岁的牛郎，住在伊势佐木町和坂东桥之间。原本我以为，既然柚莉爱和勇气已经半同居了，柚莉爱自然是为了回勇气那儿才从家里逃出来的。

"我会联系他的，行李也先放他那儿。但是，万一他的地址被我爸发现就糟糕了，所以我暂时不想去他公寓。"

"你怕再一次被你爸抓回去？"

"不光是这个，如果连那儿也暴露了，下次我再逃跑就没地方可去了。"

"你上次被你爸逮捕的时候，究竟是个什么状态？我都想象不出来。"

"我爸从一辆陌生车的副驾下来，也不管当时我正和朋友在一起，直接攥住我的手腕，不由分说就把我塞进车里绑架走了。勇气当时在店里，估计没看见。和我一块儿的朋友是他店里的前辈，都看傻了。"

其实细想一下，我们在和平而健康的贝果和蔬菜沙拉店里，嘴里说着逃跑、逮捕和绑架什么的，真不知道周围的优雅女白领们是怎么看我们的，当时我还挺担心的。说实话，如果是现在的我坐在邻座，说不定出于保险会先报警。总之我们的对话非常认真。

当时我没在意是否会被邻座误认为逃跑犯人，我心里单单觉得一件事不太对劲，那就是柚莉爱的话里经常出现父亲和在某都市银行当小职员的姐姐，唯独母亲，从来没听她提起。

终究，柚莉爱在我公寓过了夜。因为勇气君后来也没接电话，他工作的店碰巧不营业。在我看来，勇气君根本就是换车了，趁着柚莉爱两个星期音讯不通，撇得干干净净，换了不是叫柚莉子就是叫马莉爱的新女友，正悠悠闲闲地共度假日呢。

当然，我没有说出口，毕竟，柚莉爱经过两个星期的战场生活好不容易生还，而这期间，她男朋友在和平生活里安全驾驶，对比一下也太残酷了。

公寓小房间的单人床两个人挤着也几乎要掉下去，我和柚莉爱说了些两个人才懂的笑话，还有昨天有个相扑力士来店里玩了之类的话题。

"我想辞工，另外找一家带宿舍的店。"看来，柚莉爱坚决不打算回父母家，也不打算和勇气同住，两人的关系比我想象的冷淡。

"你家里会马上找你吧？你爸，不会死心吧？"

"我在信上写了，不管找我多少次，我已经没法在家住了。"

"你要是直接说，想一个人住，也不行吗？"

作为已经离开父母独自居住的前辈，我的话里不乏得意。

不过，就算是我，也省略了和父母商量的步骤，两手空空离开父母家，更像半夜逃债。我在樱木町的公寓，实际上借用了大学朋友的名义，请朋友的父母做了保证人。当时我不知道，通过一些中介公司，即使没有保证人也能租到房子，只要多花一点儿钱，无须连累他人也能独自入居。

"不行。我爸那人，脑子里只有正经人生，我姐上大学的时候，也想搬出去住的，到底没能成功。我的职校比我姐的大学离家更近，光我没上大学这一点，就不太行。"

"你和你姐联系了吗？"

"我们关系不算坏，但最近没怎么说话。她可能明年就要结婚了。她上班的那个银行分店在东京，入职第一年是从家里通勤的，好不容易搬出去一个人住了，却要结婚，太可惜了。"

"那你妈呢？"

"我妈不像我爸那样木头脑袋。但是，我妈，特别弱。"

柚莉爱这句话，让我想起了高中时代的密友——亚美。

亚美和我不在同一所高中，她上的高中里，有很多外地来的准备以后偶像出道的女生。我和亚美都是卖内裤的小女孩，在涩谷的"当场脱"店相遇相识。正好她初中时喜欢上的人，是我的高中同学，所以我们两个很快就成了朋友。

我们这些在原味内裤店里凑堆，然后去俱乐部和109玩的女孩，都竭力不想被家长和同学知道。亚美担心被同学知道，还有就是，她家住台东区的公寓，她也不愿意被同楼的发小家知道。亚美和母亲住，是单亲家庭，她小时候就经常去发小家玩，一起烤肉，一起去迪士尼乐园。

"那家的哥哥有点儿宅，今年二十三，很像是会来内裤店的那种人，想一想就害怕。"

"你怕他告诉你妈？"

"倒也不是，我妈知道就知道了，那家的阿姨一直很关照我，要是被阿姨知道了，就太对不起她了。阿姨人特别好，我升高中的时候，送了我好多东西。"

自己的污点唯独不愿被某个人知道，这个人究竟是谁，各人有各人的选择，这个我懂。但听了亚美的话，我感觉震撼的是，亚美的母亲竟然不如邻居家阿姨有发言权。我甚至多管闲事地想：你对不起邻居家的阿姨，难道对得起自己的妈妈？

之后，我向亚美初中时代喜欢过的男生——我的高中同学，刺探了亚美家的机密。

"她家是母女单亲家庭，她妈好像不怎么工作，但她家住在上野附近，公寓相当不错的，所以她妈出身可能挺好的吧。

我见过一面，那个妈，特别弱。"

我想起柚莉爱的说话口气，和那个男生一模一样。

那之后，我和夜场姐姐们聊天时，经常发现同样的"非在场母亲"。不是不存在，也不是女儿们心怀怨恨，就只是轻，一句"特别弱"就说完了。

与不通情理的父亲和温柔好心的邻居阿姨相比，母亲们没什么存在感，再想想我自己的存在感极强、让我头痛的母亲，就觉得灰影般的母亲们那么奇异。我周围的朋友中，一种人反感母亲事事啰唆，另一种人即使进了夜场，依旧和妈妈关系好得像姊妹花。这两种人多见，但偶尔也能遇见一种女孩，有着非在场的母亲。

至于柚莉爱，后来她和勇气君偶尔同居一下，偶尔去店里玩玩，倒也没断。再后来，川崎一家应召店提供宿舍，她看中这种好处，就去干应召了。我们也不怎么联系了。柚莉爱之所以那么干脆地做了应召，没什么抵触，可能因为她在夜总会跳泼水舞之前，曾在川崎的粉红店[1]里打过一段工。

"干夜总会的话，要做发型，要带东西，关键是晚上出勤，肯定会被父母发现的。干粉红的话，进店才换衣服，也不用带东西，中午十二点过去，干五个小时就回家，很难暴露的。有人父母管得严，就撒谎说自己在可丽饼店打工，有人和男朋友同居，也瞒着男朋友干这个。这样的人还挺多的。"

如果没人管，一般女大学生可能会去夜总会打个工试试看，或者碰一下违法赌博，绝大多数人很快就会厌倦，或者说，两种都试过之后，她们会发现，还是做一个娇滴滴的女大学生效率更高，也更光鲜。爸爸却不懂这些，他光顾着纠察女儿晚

---

1 粉红店，即粉红沙龙，暗中提供边缘性服务的店。

上回家时间和服装变化，想不到女儿反倒变刁钻了，干脆越过陪酒卖笑，直接进了粉红店，真是讽刺啊。

三十三岁的热血之路

　　过了三十岁，在同龄交际圈里，感觉铁打的女招待不少，自己管店的妈妈桑和当过 AV 女优的卖肉小姐不少，从正经行业转行当了浴场泡姬的人也很多，唯独在夜场临时打工的一下子就变少了，这就是说，以前有很多学生或入职不久的人，因为手头太紧，每周来夜总会打两三次工，她们后来不是被夜场的旋涡吞没变成了铁打的职业夜场女，就是在公司升职加薪了。吊儿郎当维持现状的人，也已到"转身放弃／另谋出路／就算想也心有余力不足"的年龄了。想想有点儿伤心。

但话不能说死，还是有人一边在做本职工作，或入职前的训练（比如准备考律师证，想报名参加漫画新人奖），一边为了填充空闲时间、填充空闲钱包，而兼职做着陪酒卖笑的临时工。这种人不仅在六本木能看到，还有人厌倦了都市中心的夜总会，转移到了相对外围的吉祥寺、五反田和上野的店。更有人想通了，直接进了那种打着"半熟女"招牌的店，各有各的路数。总之这些女人辞过职又回来了，时进时出，花枝招展地走在"三十多岁临时陪酒女"的 T 台上。

*

我的同龄交际圈里，其他人不是成了家，就是立了业，转职去了地方城市或国外，只有我还在以中二病的疯劲儿有时工作有时歇业，所以，我和她们的关系相对来说还不错。上个月中旬，一个周六晚上，与我同岁的临时工夜场女——金井，在晚上出勤之前，和我在上野的烧肉店里吃了晚饭。她犹豫要不要回宇都宫父母家，这件事莫名戳到了我。

金井的公寓在新宿，平时，她总是赶在末班车之前从夜总会早退回家，周五和周六一般早退不了，得干到关门那一刻。她那家店没有送小姐回家的班车，所以她每到周末总是不太情愿。我当惯了报纸记者，生活信条是，破衣烂衫无所谓，出门定坐出租车。她不一样，如果没赶上末班电车，就和同事一起去24小时餐厅或者桑拿房打发时间。

"而且我明天有事，必须得回宇都宫。"

金井将已经烤到十成熟的牛肉翻个面，压在烤网上继续烤着，再翻过来，再烤，嘴里发着牢骚。

"家里有事？"

"不是。我的住民票还在那边，说穿了，我不是想回家，只是想回家拿信。"

"还是早点儿去办好个人番号卡吧，不过明天是星期天。我也是前不久才终于办好的。"[1]

不久前，我母亲去世后，我要办生命保险的手续，这才在平时很少出行的时间段里沿着区役所的路一步一步走到新宿区役所，紧急办理了个人番号卡。我应和着金井的话，想起了自己的这段经历。

"晚上就这么点儿时间，稍一磨蹭，就到头班车时间了，这样一来，等到了父母家就累得没劲儿了。有时候放松下来就会睡过去，醒来已经是傍晚，好好一个星期天就这么废了。"

她每周在夜总会打两三次工，当然没拿夜总会当本职，平

---

1 住民票，即日本户籍登录证明书，办理法律相关手续时要用到，需要去户籍所在地民政部门申请发行。个人番号卡，2016 年 1 月开始使用的个人身份证，可以代替住民票。文中的金井住民票还在老家，说明她搬到东京时，没有移动户籍。户籍和居住地不一致的话，很多手续办起来不方便。

时白天她是美食网站的写手，还会去运营企划公司，虽不是正式职员，倒很忙碌，收入不见得很多。

"既然要回宇都宫[1]，那你干吗回新宿啊？"这一点我很在意，所以问了出口。因为金井深夜下班之后，在上野附近打发时间，清晨从上野站坐头班车回宇都宫是最省时省力的。周日早晨的头班车很空，在电车上睡一觉也能勉强恢复体力。现在这样先回新宿，又累又困，哪儿还有力气再次出门，这不是明摆着的事嘛。

"你在说什么？"

"我在说你从夜总会下班后，直接坐早晨头班车回宇都宫不就好了吗。"

"问题是我没做好准备啊。"

1　位于枥木县，从上野站坐新干线约 43 分钟。

"什么准备？"

在我看来，世界上最不需要准备的就是回父母家。我已经搬出来很多年了，但父母家里有我的家居服，也有牙刷。我又想到，也许家庭情况不同，如果回家过夜，还是需要过夜包的。于是又问她："你要在家住一夜啊？"如果是这样，直接去便利店买"过夜用品"就好，不仅能买到牙刷和内衣，就连隐形眼镜清洗液也能买到啊。我这么提议。

"不是，我不在家过夜。周一早上还有工作呢。我的意思是，我现在这身打扮，怎么能直接回父母家呢。而且待会儿上班之前还要做发型。我们店只有每周出勤四次以上的人才有个人衣柜，我没有，得把带到店里的东西原封不动带在身上，浑身夜场女的味儿，太明显了。"

原来如此。我这才明白，金井怕在父母面前露馅儿。她心虚。

心虚。就是女高中生放学后，脱下制服换上自己的衣服去参加那种男女"联谊派对"，不花一分钱吃完喝完，回家之前的那种心虚。孩子先生（Mr. Children）唱过"女儿逃学去了约会俱乐部，回到家变身乖乖女"，歌中女儿的那种心虚。刚刚升入女子大学的大家闺秀，出于好奇去夜总会试着打了一次工后的那种心虚。AV 小姐参加了劝诱或制作公司面试之后的那种心虚。

所以，她得先回自己的公寓，拆散夜总会式的发型，把暴露身份的东西放好，换上毫无夜场气息的清纯毛衣和牛仔裤去见父母。还得保持小心，万一要从家里带大米回东京，往包里塞时，千万不能掉出写着"爱梨"之类的卖笑花名名片。

确实，夜场姐姐们直到一定的年龄，都有过这种小心翼翼。最近有些在夜场临时打工的女大学生，甚至 AV 女优，父母是知情的，这样的人越来越多了。不过，纵览姐姐们金盆洗手的理由，相当大的比例还是因为露馅儿被父母软禁或监视。尤其在色情行业里，绝大多数的人是瞒着父母、男朋友、学校和公司的，甚至有人瞒着丈夫。

尽管如此，"在父母那儿露馅儿"这个说法，总会让人联想起女高中生的堆堆袜[1]、骑着偷来的轻摩兜风、高中制服、教科书和青柠檬香。我没有专门向父母汇报过自己的工作，不过研究生毕业后，也没再特别隐瞒过。

*

年过三十的临时夜场女变少了，专业夜场女的比例自然就升高了。这些姐姐里，或者是被父母公认，或者基本上和父

---

[1] 松弛地堆在小腿和脚腕上的白色长袜。

母断了联系。再有就是，到了这个年龄，可能已经送走了父亲或母亲。也有人一年只和父母见一面，见面不提工作，故而谈不上隐瞒。

金井不是职业夜场女，只算临时打工，若即若离的劲儿很有学生感，她的心理状态，与父母保持的距离感，和女大学生没什么两样，让我很佩服。仔细想想，我的朋友里确实有几位三十多岁的姐姐，无论多大年龄，都既没有死心塌地做夜场女，没有辞掉这份工，也没有和父母断绝关系。同时，她们也没有告诉父母自己在做陪酒。

其实我见过一次金井的父母。那次我偶然去她公寓玩，她父母来东京看舞台剧，临走前过来看女儿，不知为什么带了大量生春卷皮和一盆薄荷当作礼物。金井和父亲关系尤其好，像小孩子一样叫父亲"Papa"。父亲过去在市政府工作，母亲长年在保健所上班，看不出他们的政治思想倾向，但给人感觉相当好。

在上野吃过烧肉后的第二天傍晚，金井从宇都宫给我发来一条 LINE 短信。

"看我的回家时尚。凉美穿衣打扮也要注意场合哦。"

随后发来照片，她上穿一件印着 SUNNY 之类土了吧唧的英语单词的卫衣，巨大围巾，黑色牛仔裤，匡威帆布鞋。我虽然觉得不必弄得这么土气，但不得不承认，这副打扮绝无夜场气息，也许谈不上清纯无欲，但应聘电视台女主播的话足可以骗倒面试官。

对着洗手间镜子拍下自己土气打扮的金井，对父母温柔有爱，不愿扰乱家人亲情，固守着自己的私人生活。对她来说，夜总会逸脱在生活轨道之外，与日常无缘，就像女大学生偶尔玩一下的危险游戏。所以，她在三十岁之前，无论夜场提供了多么大的金钱诱惑，也没有彻底走进夜世界，始终保持着若即若离的临时身份，从未犹豫过。

最后所有人都消失了？

　　提起离家出走的少女，就会浮想起复杂的家庭环境，过分严厉的父亲，女孩再也忍不下去了，把衣服塞进辣妹品牌的购物纸袋里离开家，暂时从约会网站上找个男人，去歌舞伎町的情趣酒店昏天黑地，翘首等待十八岁早日到来。那样就能去色情店或 AV 行业里找工作了，神似《吸血大窟窿·暗金丑岛君》故事里的初中女生，那种在网吧小隔间里吃着便宜小甜饼干，买一堆百元店化妆品的女孩。

　　这种人当然是存在的，不过，除非去约会网站上找，平时很难遇到。夜场的姐姐里有很多人是半离家出走独立，来东京当了女招待或干了色情业。我周围也有不少离家出走的女孩，最有代表性的是我大学时代的友人小明和高中时代的好朋友静佳。

小明和静佳过了十八岁才离开家，不叫离家出走的少女，更像离家出走的女子，可以看作成年人的独立。不过，她们多年不和父母联系，曾被父母申报过失踪，在这两点上，两人更像一意孤行的少女。

*

小明刚上大学时还很正常，每天从横滨父母家去湘南台的大学上课，除了偶尔在小酒馆里打工和男友是喀麦隆人之外，就是一个普通的庆大生。她画画，做家居设计，很有艺术天赋，我记得她在大学里最初的专业是建筑艺术，要不就是图像艺术。

从最开始，大学里的朋友就把小明看成怪人。她烫着一头近似脏辫的卷发，在小酒馆里热烈高唱中岛美雪的歌，衣服是大学艺术节时从环保社的二手衣服摊上买的和服和毛衣，一穿就是几个月，确实是个怪人。对了，她还对自己的建筑专业不感兴趣，不是在大学草坪上画画，就是常去伊斯兰教的教授主持的穆斯林研究室。

大学一年级的暑假，她第一次离家逃亡。我们知道她去印度旅行了，一个月后，预定的回国日期已过，全然联系不上她。8月过去了，9月过去了，新学期开始了依旧不见她来上学。当时大部分手机打不通国外号码，社交网络尚未普及，我们都很担心她，千万不要出了什么事。

临近10月末，晒成小麦色的小明来学校了，不知为什么，还拿着高迪的明信片当旅游手信。大体概括一下她的话，那就是——

"我到了印度后，认识了一个正在做欧亚旅行的画家，投缘得不得了，据他说我身上流着西班牙的血，所以我推迟了回国，从印度去了西班牙。中间钱花完了，就露宿什么的，还给饭馆老板画大头人像换吃喝。因为没有买回程机票的钱，我在路边摆过画像摊，在酒吧弹钢琴挣过小费，在圣家族大教堂前的台阶上露宿时，认识了似乎是门卫的人，深夜他带着我参观了空无一人的大教堂，艺术灵感劈头盖脸。可是回家的机票钱怎么也攒不起来，有一天雪上加霜，被路边乞丐骗走了护照。实在走投无路了，我去了日本领事馆，然后和家里联系上了，就回来了。"

不愧是怪人，离家出走都是地球规模的。在我这种循规蹈矩又胆小的人听来，她就像在讲一个奇幻故事。第二年暑假，她说要去喀麦隆时，我曾想过，她肯定又是一去三个月吧。

她预定 9 月下旬回国，可不见她人影。三个月过去了，不见她回来。等我留了一级、大学毕业时，依旧不见她回来。据与她关系更好的友人说，她离开日本半年不回来，她父母终于忍不住了，开始给同学朋友和喀麦隆以及周边国家的领事馆打电话时，她打来电话，说准备在塞内加尔上大学，希望家里同意。那庆应大学呢？谁知道呢。

多年后，我才有了她的音讯。研究生毕业后，我当了报社记者，先进了东京都政府事务报道小组，之后又被分配到霞之关总务省事务报道组。在东京都厅的时候，旁边是一个特别严格挑剔的前辈，所以我的工作态度很认真。到了总务省后，地方部只有我一个记者，右边是政治部的前辈，大忙人，经常不在，左边是经济部的前辈，和我一样穿衣打扮不看场合，所以工作环境相当理想。那时我刚注册了脸书，经常用办公电脑登录进去，一边上班，一边刷脸书，去亚马逊闲逛，看漫画，补妆。

有天我忽然想起来小明，就用她名字的罗马字拼写在脸书上搜索，没找到她。我想，如今是网络的时代，再说她在海外，不可能不上社交网络，就用 Google 搜索她的名字，找到了她的 My Page。

"Mei · age27 · singer · Senegal"。她真的还在塞内加尔啊。嗯？歌手？没想到她在塞内加尔定居后做了歌手。网页上还有一篇译成法语的中原中也[1]的诗，相当酷。为了联系她，我专门注册了 My Page。然而，直到三个月后我差点儿忘了这回事的时候，才收到回复。

"谢谢你联系我！一切都好？我从塞内加尔的大学毕业后，

1　中原中也（1907—1937），日本昭和时代诗人，被誉为"日本的兰波"。

觉得这儿特别适合自己，灵感哗哗的，就在塞内加尔当了艺术家。回复得晚了，对不起！你联系我的时候，我刚好退掉塞内加尔的房子，正往法国搬家呢！我想重新进修哲学，所以进了法国的学校！还有，我和塞内加尔人结婚了！你要是来巴黎，一定要找我玩哟！"

　　几年间的情报量太大了，在我的脑子里花了一些时间才升级完。幸好她比我想象的还要元气满满，更让我高兴的是终于找到了失联很久的朋友，我马上给其他大学同学汇报了小明的近况。更棒的是，我想起父亲正好住在巴黎做研修，就想去看望小明，顺便和父母见一面，于是利用新年假期去了巴黎。

　　我们在巴黎一家餐厅里见面了。小明浑身上下散发着"久居国外"的光彩，黑发上缠着包头巾。"你没想过回国看看吗？"我问。"一直想着要回去，可是我父母退休之后，把家搬到了名古屋，我在名古屋又没有朋友……"她答。

*

　　我的另一个朋友静佳的离家出走，不像小明如此地球规模。她和我上的不是同一所高中，却是学力相等的好学校，进了一家不错的男女共读大学之后，很快离开了家。静佳原本就和父母关系不好，父亲对她的生活习惯、生活态度干涉太多，母亲虽然满足了她的所有物欲，却不是她的战友，反而和父亲勾结在一起，连晚上几点必须回家这种事都管得极其严格。静佳在大学里找了一个兼作时装杂志读者模特的同学男友，带着一次性能拿走的所有衣服从家里"越狱"，换了手机号码，无视父母的报警，去男友公寓里避难了。

　　那之后她吃了不少苦。男友除了给杂志当读者模特之外，干什么都有气无力，为了男友，她不得不找工作。她从大学退学，在时尚行业的几家公司里干过之后，去银座的高级俱乐部当了女招待。那时因为借钱的事，共同的朋友们都很担心她的状况。她在银座时，我们联系过几次，见过一两次面。她说自从离开家后，再也没有与父亲和哥哥联系，让我印象深刻。

两年前，我从报社辞职时给她发短信，才又时隔很久联系了她。我们在下北泽的咖啡馆里坐了几个小时，互相汇报了近况。

静佳告诉我，她也正好在两个月前辞掉了银座的俱乐部，下定一番决心之后，以意外突袭的劲儿回了千叶县的父母家。之所以辞职，是因为年龄大了，感觉喝酒伤身，还有就是她偷偷和店里的男主管交际，两人说定要同居，连房子都预定好了，男友却忽然跑路联系不上了，她自己也暂时没有了住处，万念俱灰一气之下辞了职。

等她回到父母家一看，万分惊讶地发现，家已经消失了。二十年前父亲建起的气派房子不见了，原地成了一块平地。怎么会这样，吃惊之下，她在手机上按下隐约记得的父母家的电话号码，号码已作废。哥哥和父母的手机号她早忘了，换手机时就删除了。最后她找到市政府和亲戚，才得到母亲的联系方式。电话打过去，那边说"正和哥哥一起住在江户川区的公寓里"。

"换谁都会吃惊吧，一个家实质性地无影无踪了，父母离了婚，父亲辞掉了工作。我去母亲和哥哥的公寓看了一次。母亲说，她和父亲吵得不可开交之后离了婚，让我别联系父亲，没好处。最终，上个月我搬进了那个公寓，开始和母亲一起住了。学生时代里我们关系特别糟糕，终归因为父亲过分严厉，母亲郑重给我道了歉，我们自然也就和解了。"

静佳原本很喜欢时尚行业，现在她在一家时装公司做营销公关，与母亲和哥哥的同栖公寓生活也很和睦。她很忙，我们很少见面，只看她的社交媒体的话，她就是一个"现充"[1]白领，

---

1 现实生活充实而幸福。

看不出她曾与父母绝交，在银座做过女招待。

*

小明家、静佳家和我家很相似，都是父母甚至祖父母有着一份正规正经的工作。所以我们虽然在外面自由地飞，一旦遇到事情，终究有家可回，在心里把"家"当作一种恒久不灭的东西。可是，家啊，始终是由父母这种不稳定的活人构建而成的，不可能半永久地停留在那里。

小明家搬到了她陌生的地方。静佳家夷为平地，父母解除了婚姻关系。还有我，尽管没有和父母断绝来往，但自从十九岁离家之后，我就再没有与父母同住，在这期间永远地失去了母亲。最近我想，也许是我们过去年轻不懂事，才在脆弱的家里寄托幻想，希望"家"坚若磐石，而现在我们老了。

Ⅲ

再　一　次，　我　和　母　亲

好可怕啊，鬼怪出没的病室

"最近，很多东西都变得可怕了。特别可怕。"

母亲从病床给我发来短信。

"都心 [1] 的高楼可怕，电视可怕，人死的漫画可怕，你周围的东西都很可怕。霓虹灯，张扬打扮，可怕。"

这是母亲做完第一次胃癌治疗手术后身体渐渐恢复时发给我的。手术半年后，我父亲要去纽约研修，她跟过去住了两

---

1 东京都的中心繁华地带。

个月。那时，我刚辞掉干了五年半的记者工作，去纽约和父母住了十天之后，一个人先回了日本。母亲随后回来，父亲按原定计划留下多住了一个月。于是镰仓家里剩了母亲一个人。

*

我回家看母亲。"我现在这样子，适合在纽约生活。"母亲用气势大不如从前的声音对我说。

"看来，从前我的无敌自信都是靠着健康得来的，现在生病了、手术了，自信一下就没了。不过，在纽约小住，回想从前健康时在国外居住的那些日子，又找回来一点儿自信。"

我的母亲在御茶水女子大学附属中学和 ICU 大学就读的时代[1]，都去国外短期留过学。我出生后，她还利用我父亲国

1　ICU，国际基督教大学。御茶水女大附中和 ICU 都是顶尖名校。

外研修的机会出去生活过。基于这些经历，她经常对日本做俯视性的批判，青春期时我很烦她这样子，甚至说她是"慕洋人"。母亲的专职工作是英国儿童文学研究，她觉得，纽约中央公园比日本的病床更符合她的气质。

　　这样也挺好的。我想。

　　正好在这之前，我辞掉记者工作一个月后，周刊杂志登出文章，揭露了我之前干过的几种职业，我家气氛变得沉重而尴尬。父亲接受杂志采访谈及我的过去时，虽然没有完全肯定，也表示了一定程度的认可。全国人民看到了父亲的态度，以至于社会坊间都会说"你有宽容大量的父母，好棒哦"。这当然是知识精英阶层的父母在谋略之后才摆出的姿态。或者因为接受采访的是我爸，和我妈相比，我爸对夜场和裸职的排斥反应稍微小一些。而在半年之前刚切除了三分之二个胃的母亲骤然变得轻弱了，说出的每一句话，都充满了后悔和厌恶。

在这样的状况下，如果上东区的短住能让母亲重获自信，那再好不过了。不过，我妈爆发出的后悔，并不完全是冲着我。

"要是身体再好一些，我就能写一本反省之书了。我，一个儿童文学研究者，直至生命的尽头，都在女子大学给立志要当幼教老师的女孩子们教授着绘本的卓越性，偏偏把自己的女儿培养成了 AV 女优。"

那时，我第一次听到她说这种话。后来，她的癌症复发，死期临近，又多次重复了这话。最终，母亲虽然未能如愿写成书，不过她用这句话坚决否定了我所有的高收入打工体验。她没有直接谴责我，而是用自我谴责的方式痛骂了我。她没有否定或批判我的人格，只是始终反对我的人生选择，憎恶我的决定。

母亲在纽约待了一阵子，那一年结束，新的一年到来，母亲身体状况还算稳定。她失去了体重和霸气，恢复了毒舌和冷笑。那年 2 月，她和父亲在凯恩斯住了几个星期，途中我也去找了他们。一家三口暂时摆脱了癌症和周刊杂志，夺回了一定程度的知性生活。

尽管如此，母亲每个月还是必须做肿瘤标志物检测和 MRI 检查。也许因为数值不稳定，母亲有时很灰心丧气，但她始终坚持在大学授课。她任教的那所女子大学在目白[1]，每逢上午有课时，母亲总是借口新宿距离大学更近，提前一天来我公寓过夜。每逢这种时候，我必须放走当时半同居的男友，特别小心地藏起他的东西，不让母亲看见。

母亲手术之后，舌头和鼻子变得格外灵敏，简直烦人。味精和代糖之类的她以前根本不在意，现在坚决不吃了。所以母

1　东京地名。

亲来公寓时，我得专门去买我妈变高级了的舌头也不会拒绝的手工巧克力和有机蔬菜，给房间通风换气，把烟灰缸收进橱柜里，等等。

就算是这样，舌头和鼻子都变得格外灵敏的母亲，依旧闻到了我房间里掺杂在香烟和淡淡香水气息间的不好气味，多次表示：

"我对你的事采取了虽不赞同也不追究的态度，是因为我以为，你之所以收藏了那段霓虹灯下的噩梦经历，是想当作一种生活体验，让你的文章变得更凿实有力。但是，如果你只是贪恋过去不肯离开，那我就要改变想法了。你若是通过犯错误而意识到那种生活是虚度年华，由此下定决心，要正视平凡无趣的普通生活，那么我不打算专门拖出旧事去憎恨你。假如你依旧在高塔上得意扬扬地玩火，还招呼别人来观赏，炫耀你很开心，那我就会认为这样的你极其危险。"

这年秋天，她的癌症发生了骨转移，我们曾以为她人生之路还长，现在不能这么想了。母亲越发瘦弱下去，从前，她皮肤丰润光洁，可以从容冒充"女儿还在上高中呢"的年轻母亲，现在却变得越来越黯淡。到了晚上，她有时会示弱："真对不起，从今往后，我能教给你的事，就只有一点点了。"从前她用清晰的思路和不留情的话语每每让我招架不住，而现在，无往不胜的母亲已经无处可寻了。

*

　　就是在这段时期，母亲开始说这也可怕，那也可怕。关于我的工作观，很久前她曾表示厌恶嫌弃，不知从何时起，变成了可怕。也许，这是母亲在发出暗示，希望我至少在表面上做出一种易懂的表演，让她安心。但直到最后，我也没有露骨地表演过。我照样带着脏东西回西新宿公寓，去歌舞伎町的美甲沙龙做指甲，买的裙子露一大片胸。

　　尽管如此，母亲挂在嘴边的"可怕"，一点儿一点儿地侵蚀了我。她在说我的人生不健全？我隐晦地否定了"幸福"的态度？抑或单指我挑男人的眼光不好？慢慢地，我开始共鸣母亲的"可怕"了。来夜总会喝酒的男人很可怕，牛郎店，Supper Club[1] 和色情业劝诱员也变得可怕起来，还有那些挣钱越来越多的朋友，挥金如土的朋友，也很可怕。

　　照进病房的阳光越来越少，母亲越来越虚弱，意识和语言能力在吗啡作用下越来越朦胧含混，然而她始终在说，"太可怕了"。睡觉可怕。进食可怕。她每每缠着我："不要走，再待一小会儿。"

1　夜总会的一种，服务员大多是男性。服务员隔着柜台，给男女客人提供服务。

在看护病人上，父亲比我辛苦。就算是这样，我也很疲惫。过了病房熄灯时间，每隔 5 分钟，我提出一次要离开，总会被母亲拦住，让我心烦意乱。等母亲终于睡着了，我在她的睡衣上别好防止掉床的安全别针，之后一路小跑着，逃进明亮快活的夜世界里。杂居楼上的店招牌，深夜的美甲沙龙里语速飞快的风俗女，破裂的玻璃酒杯，都比往常微微显出了可怕，就算没到不敢碰的程度，也足够让我战战兢兢。

回想过去，母亲教给我很多东西：她自己的话，旧书上的话，旅行和剧场的话。我一直以为，这些是我最珍贵的宝贝，是我这辈子都无法挣脱的诅咒和束缚。但我隐约觉得，母亲的这种"太可怕了"的感触，是她传给我的最大教诲。

我不反感道理和教诲。可是不知为什么，向往自由生活的我很少被母亲的教诲或伟人箴言触动。或者说，就算被触动了，我更擅长把这些话藏匿到脊骨后，然后随心所欲地活我自己的。

我这么活了，运气也不错，以至于完全没有意识到多么可怕。过去我就算招来怨恨，被人羡慕，也没觉出有什么可怕的。

但我现在渐渐明白了。于是，有些东西我本来想要，但我改变了想法；有些事情我想回避，最终也改变了想法。也许这些改变，就是我与母亲的"可怕"产生共鸣的时刻。教导一个人，尤其是教导一个小孩，极其耗费时间和精力。就算正面教导了，小孩也往往会一路跑偏。可是，母亲放弃了大道理教诲后，嘟囔出的几句小话，反而成了我的指路灯。如果这才是爱的真正核心，那么母女关系真的很令人哭笑不得。

拔丝红薯狂想曲

天冷下来，又到了令人伤感的落叶季节，职安大道唐吉[1]收银机旁的烤红薯摊一下子映入眼帘，我才想起，很久没看见沿街叫卖的烤红薯小贩车了。说起沿街叫卖，我想起三十年前的一件事。

在搬到镰仓升入小学之前，我家住在月岛，那时是高层公寓建设大潮的前夜，我们住那个是家庭公寓。我上的幼儿园

---

1 唐吉诃德，日本大型廉价超市，简称唐吉。

195

就在圣路加医院近旁，名为圣若瑟幼儿园。直到最近我才知道，幼儿园已经闭园了。母亲生前住在圣路加医院的缓和医疗病区，我去医院看护时，从筑地走到医院，途经幼儿园时，发现标注着"圣若瑟幼儿园旧址"的圣堂还在，好似被当作一处遗迹，心里很是惆怅。

我们在家庭公寓刚建好后不久就搬了进去，当时左邻右舍的家庭状况都差不多，楼里有好几个小朋友是现在已成遗迹的圣若瑟的同班同学。从月岛到幼儿园要渡过胜鬨桥，步行过去不算远。当时几家约定好了，由妈妈们轮班开车送我们过去。那时我总是和一个叫艾蜜莉的小美女一起坐车或走过去，一路上都很开心。

*

　艾蜜莉家和我家关系很好，放长假时，经常同时去夏威夷度假。我们铃木家坐经济舱、住我妈找来的性价比良好的度假公寓，艾蜜莉家住她爸爸购置的带游泳池的别墅，她妈妈开一辆专为夏威夷而买的大红奔驰车，我们没少沾光。

　艾蜜莉妈妈在东京也开一辆红奔驰，当我们从幼儿园下学在车里嚷嚷"手上都是黏土味！"时，她妈妈就会回答："等会儿用妈妈的香奈儿香水喷一下就变香香了。"是个相当飒的妈妈。顺便一说，我家的爱车是一辆五十铃。其实回想一下，从某种角度讲我家买车也有过一番讲究，但因为是双门车，不好进，小孩子都不喜欢。

　艾蜜莉出生时她妈妈才二十三岁，我出生时我妈三十三岁，在我孩童的心里，非常憧憬艾蜜莉的妈妈，那么年轻，好似明星。她爸爸的年龄则与我祖父差不多，不是每天都在艾蜜莉家，在家时总是画着抽象风格的油画，看上去就是那种非常有钱的伯伯。艾蜜莉的妈妈连果汁这种东西都要用优雅的敬语称呼，扑面而来的银座高级俱乐部[1]的气息，这也让我很喜欢。

艾蜜莉长得很漂亮，性格不文静，同既不漂亮更不文静的我，一起在月岛的公寓里做遍了我们生活圈内所能想到的所有恶作剧，试图证明自己的存在。当时我们就是这种幼儿园小孩，头脑里装满了孩子式的自我主张。我们的生活圈，是从公寓到月岛的西仲商店街一带，这条商店街现在变成了所谓的"文字烧[2]一条街"，原来的生活实用性荡然无存。

---

1 月岛离银座很近，地价却便宜很多，从前是庶民居住地，很多人住在月岛，去银座上班。几十年前就经常有银座的小姐上了年纪后，从俱乐部隐退，在月岛开平民小馆子，有种银座闪亮过的东西褪色了、落地了、心平气和了，就成了月岛的感觉。

2 用面糊混合各种海鲜、肉类和蔬菜、摊在铁板上烤。月岛是便宜美食"文字烧"特别出名的地方。

我们把插在各家门上邮筒里的晚报拿下来，从楼顶扔到四层的共用平台上，看着报纸打着旋儿落下去，这叫"用报纸盖住平台大作战"。在整层楼的住户信箱上贴画片，一家一张，是"公寓美化计划"。死命摇动四楼的野外轮胎秋千，让它撞到快要掉门牙的同岁男孩身上，是"我们帮你拔牙"。带着从别的公寓过来玩的小朋友去西仲商店街的烧鸟店，把小朋友丢在店门口转身就跑，是"迷路小朋友会不会得到一个安慰性的烤鸡翅之社会实验"。我们全都做了。

我们的妈妈把散了架的报纸重新送回各家，一边赔礼道歉，一边也享受到了乐趣："那一家，订阅的是《赤旗》[1]呢，呵……"我母亲和艾蜜莉的妈妈关系很好，她们毫不客气地训斥两家的孩子，训斥内容充满个性，各不相同。我和艾蜜莉总

1　日本共产党发行的机关报。

是含笑对视，感觉从训斥中听出了大人们的自负，更看到了多样性社会的曙光。

*

一个深冬到来之前的周六傍晚，我和艾蜜莉从商店街的文具店买了香味橡皮、透明罐子里装满勉强可以称为消臭珠的用途不明的东西、再次图谋"美化"公寓用的大量贴纸，走在回公寓的路上。一路上看见，家里在商店街开着服装店的同龄小孩因为父母让他守店，正在不情愿地嘟嘟嚷嚷，艾蜜莉特别心仪的蔬果店帅哥伙计正收拾着茄子货筐。那个时代牧歌式的气氛简直令人发笑。

从商店街拐弯，快走到隅田川边的公寓前时，寂寥后街传来拔丝红薯小贩车的录音叫卖吆喝。那种从沙沙杂响的喇叭

200

里传出的"拔丝红薯～美味的拔丝红薯～"与冬日商店街的牧歌气氛特别搭。我和艾蜜莉也像昭和时代的小孩一样，握着昭和气息十足的香味橡皮，跟着吆喝的曲调哼了起来。

很快，我看见了卖拔丝红薯的小推车。摊主"香甜美味～"的吆喝声轻快活泼，脸和声音却截然不搭。他表情消沉黯淡，年龄看上去介于伯伯和爷爷之间，衣着邋遢，拉着小贩车，脚步沉重，看似已筋疲力尽，快要跌倒了。看着摊主这样子，再听"拔丝红薯～香喷喷甜蜜蜜～"，就觉得那旋律充满了深深的哀愁。

我和艾蜜莉立刻对刚才在文具店的挥霍行为感到内疚，手里提着的除味珠香橡皮和贴纸都变成了无聊之物。如果我们乖乖学做真正的昭和小孩，就该踢踢铁皮罐头就够了，这样就能把所有零花钱都拿出来，合伙去买爷爷的拔丝红薯了。我们拎着忽然变得烫手的文具店塑料袋，望着老爷爷出了一会儿神。

拐弯回公寓时，两人自作主张地判定："老爷爷好可怜啊！"我们还商量，如果哪边妈妈追加零花钱，一定要返回商店街去买老爷爷的红薯。还模仿了爷爷的黯淡表情和快要跌倒的步履。

我们先去了艾蜜莉家。她家用大理石重新装修过的地面上铺着波斯羊毛地毯，她妈钻在一张便宜家具店买来的小暖桌里织着毛线，品味难以言喻。我们解释了事情原委，向她妈要钱。

"爷爷太可怜了呀！"

面对我们的申诉，她妈面不改色，也没停下手里的毛线针，先告诉我们冰箱里有果汁，果汁照例用了敬语，然后教育我们：

"别人究竟可不可怜，你们两个不能下结论。人家在拼命工作，你们却说可怜，也不看自己有没有资格。"

不愧是热爱夏威夷的艾蜜莉家，冰箱里放着番石榴和芒果果汁。我们喝着果汁，不满地回嘴："但他都快站不住了呀。"

艾蜜莉妈妈听后说："爷爷哪里最可怜呢？那就是居然被你们两个否定了'幸福'。你们两个想要的既不是拔丝红薯，也不是爷爷的幸福，而是你们让爷爷变幸福了的自我满足。你们两个呀今后的路还长，好好摸索一下他人和自己的幸福的真谛吧。"

我们知道无法驳倒她妈的幸福论，所以喝完果汁，下三层楼去了我家。我家铺着灰色地毯，我妈坐在一张无视家里还有孩子存在的情侣小沙发上填写着团购购物单，我们添油加醋地描述了爷爷的状况，央求我妈去买，还附加了一条情报："爷爷根本没有客人。"我妈把购物单放回矮茶几，想了片刻后说道：

"你们想拯救谁，这不是坏事。更重要的是，你们要有清醒认识，自己究竟能做到多少。你们没能抵抗住文具店的诱惑，花光了所有的钱，所以即使想去拯救，也无力出手，那么这种有心无力，就是你们现在力量的极限。"

文具店买来的漂亮小玩意儿仿佛也在塑料袋里尴尬地点头。

"你们如果想拯救谁，那就让自己变得有力。在文具店看见花花绿绿的橡皮想买橡皮，发现卖红薯的很辛苦就想买红薯，可是，社会上的诱惑远非这么简单。你们先要让自己充满力量，要时刻认真地苦恼究竟要把力量用到何处，不这样可不行。"

总之，我们在两个母亲前败北，没有回去找卖红薯的老爷爷。而这位爷爷我们只见过这一次，从前没有，之后也未重遇。

幼儿园毕业后不久，我家搬到镰仓，艾蜜莉家搬进了附近新建的塔楼公寓。

*

　　母亲去世之前，父亲为了去医院方便，把一直放租的月岛公寓收回来当作看护据点。时隔多年我再去公寓，发现那里装修过了，变漂亮了。四层平台只剩下座椅和花坛。野外型冒险弹网和轮胎秋千也被撤走了，理由是太危险。

　　我们长到十几岁二十几岁，依旧无力，无论他人还是自己的幸福都那么复杂而难遇。社会上的诱惑仍在猛烈地冲击着我。幼时的冒险类玩具也许是凶器，但与我在成长过程中所遭遇的夜场与社会上的暴烈荒猛相比，根本不算什么，居然也都被撤走了，真有点儿可惜。

不穿虽可耻但有用

我在镰仓上的小学和中学，是那种强制性地把"爸妈"翻译为"父母大人"、校长是"校长大人"、你好是"谨问贵安"的学校。小学班级里男生只占四分之一，初中是初高一贯制女校，即东京都内某女子大学的附属学校。小学每周设一天慈善日，午饭便当必须比平日朴素，比如只带饭团，不带配菜，把差额捐献给慈善组织。还设有义卖会，贩卖母亲大人做的手工干花香包和便当布袋之类。每三年有一个"黑柳日"，在那天要恭听黑柳彻子担任联合国儿童基金会大使时的经历故事。总之活动多多。

每个班级不仅有班主任，还有一位修女嬷嬷担任副班主任。家庭作业除了课程卷子，每天还要誊写著名书籍段落。要用连笔字写诗，目的是为了练字。每天要在印有校名的稿纸上写日记。作业也多多。

*

我妈对午饭慈善日有怨言，表示"只要和别人一样捐献300日元，带一个正经便当难道不行吗，光吃饭团太不健康了"，还拒绝让我抄写著名书籍，"与其让孩子抄写一本这种惺惺作态的东西，我们让孩子读过的书，无论数量还是作用，早就百倍超过了"。我只是一个循规蹈矩的普通小学生，很讨厌我妈和学校做抗争。只吃饭团也可以，该抄什么就抄什么好了，我衷心只想过不起风波的安稳生活。

　　从根儿上说，让我上这种"大小姐学校"都是我爸的变态趣味作祟。我妈才不喜欢这种不要说制服和帽子就连手帕和铅笔都必须从指定的校内商店购买的学校。就是说，我妈和学校的对立，因为逐渐内含了对我爸的不满而年年愈演愈烈。

　　一天，我放学后吃完晚饭，在房间里打算写作业时，我妈从客厅趿拉着拖鞋过来："哎哎！电视在放吉田都[1]的特集呢！"我随便支吾了几声，继续写作业。5分钟后拖鞋声再次响起，"我说你呢！那种无聊的东西有什么可做的！一起看电视呀"，半强制性地把我绑架到客厅，强迫我看了90分钟的吉田都特集，并讲述了她的固有观点："哎，你读《爱花的牛》[2]当然是

1　日本芭蕾舞演员。而凉美的父亲是舞蹈史专家、翻译家、文艺评论家，尤其是芭蕾舞史专家。

2　儿童绘本 The Story of Ferdinand，曼罗·里夫与罗伯特·劳森合著。

好事，但是你按学校说的誊写一遍，既变不成吉田都，也写不出能超过《爱花的牛》的东西。"

最后我没写完作业，第二天惹怒了外号"明奇"[1]的班主任老师。我受了两个大人的夹板气，心中不服，以前也没少发生这种事，我都默默忍耐了，但这次反驳道："是母亲大人说的，不要做那种无聊的东西了，一起看电视吧！"

当晚，明奇女史一个电话打到我家："请不要把孩子的作业说成是无聊的东西。"这就是留名家史的吉田都事件。除此之外，还有《悲惨世界》事件（因为去看《悲惨世界》音乐剧第二天上学迟到），夏威夷事件（因为要赶飞夏威夷的航班而翘掉了学期结业仪式）。左边是自由主义者母亲，右边是保守派班主任，夹在她们中间，那时我就下定决心要像田原总一

---

1 弗朗西丝·伯内特的小说《小公主》里的伪善恶毒女校长。

朗[1]一样坚韧地活下去。

*

　　但是到了初中，这种对立和中立在形态上发生了变化。我依旧是一个普通学生，也和普通中学生一样，顺顺当当地患上了中二病，开始用和反抗母亲不同的方法与学校作对。比如放学后去唱卡拉 OK，穿松松垮垮的堆堆袜，用脱色剂漂染头发。倒不是我心中秘藏着反骨精神，也不是借着时尚向社会提出反向命题，更非因为难掩忧伤而做出无因反抗。我只是觉得，与其跟着修女嬷嬷的吉他合唱圣咏，我更想过一种贴合时代氛围的中学生活。

1　田原总一朗（1934— ），日本记者，评论家，电视新闻主播。

同时，伴随着我自发性地对抗学校，以及渐渐长大，我大体能做出自我表达和自行判断了。这时，极其机敏并且平衡性良好的我的母亲，不再和学校作对，或者说，有时她甚至站到学校那边，开始替学校说话了。

我第一次买堆堆袜，不是那种只是稍微有点松的假堆堆哦，是地地道道的松垮堆堆袜，买来后放进抽屉，第二天放学回来发现售价 1800 日元的 E·G·Smith 堆堆袜被高高钉死在软木留言板上。我妈就算对我的生活态度、不主动做家务、说脏话等方面不满意，却很少在服装和化妆上找碴或下禁令，既然如此，为什么这么做？我找到正在书房工作的母亲。

"先不说别的，现在的校长上任后，学校禁穿这种堆堆袜了吧？尤其是初中生不许穿。"

母亲停止敲击 WoPro[1]，从头到脚细细地打量我：还不会描眼线，只在眼皮上涂了厚厚的眼影，用皮带把马甲裙勒成了超短裙，脚上是一双从镰仓东急[2]花 1000 日元买的堆堆袜。

"但我脚上这双就是啊。"我抛出一句不成反驳的反驳。

我妈拿出用废底稿裁成两半做成的铃木家特制草稿簿。

"学校之所以没有彻底反对你现在穿的这种，是因为学校反感的并不是袜子的松垮状态，而是堆堆袜的象征性。堆堆袜象征了少女的叛逆性、不良化和辣妹化，学校在担忧这个。还有就是，不希望你们把精力耗费在衣着外表上，而懈怠了学习和慈善奉献。所以，你现在这双东急买的微妙松垮袜子，与象

---

1 文字处理机，Word Processor，一种专门做文字输入用的电子设备，类似电子打字机，多见于二十世纪八十年代中期到九十年代前期。

2 日本连锁超市。

212

征着辣妹的史密斯'千八'[1]，在内涵上是截然不同的。"

她在草稿簿上用她独特的字和简笔画，七扭八歪地勾勒出堆堆袜和一个貌似辣妹的女孩，嘴上还没有停。

"其实我觉得堆堆袜是有道理的。因为上面是短裙嘛，如果是巴黎的女孩子，会穿皮靴来搭配，对吧？上身的衣服多层重叠，脚底容易显得单薄，而且你们必须穿制服裙子，脚上是乐福皮鞋，也只好用松垮袜子堆积出皮靴级别的体积感，这是不得已的事。"

当时不像现在掏出手机能马上搜索图像，我升初三之前，我家只有一台小灵通手机，也是以防万一有事，能立刻接通我父亲那台信号不灵敏的手机。就这样，我通过我妈七扭八歪的

---

1 作者自注：二十世纪九十年代到千禧年前期，E·G·Smith 独占了女高中生堆堆袜市场。1300 日元的稍堆，1600 日元的更长更堆，1800 日元的被称为超级堆，通称"千八"。随后堆堆袜发生了进化，无弹性的堆堆袜逐渐衰退，我上高中时，出现了更长更堆的 2000 日元款。

简笔画，知道了巴黎女子的时尚观。其实，一直到我上小学，我家无论父母去哪里，都尽量带着孩子一起去。在这种方针下，一有假期，他们就带我走遍欧洲，所以我去过巴黎，只是脑子里没有巴黎女孩特别会穿的概念。

直到上了小学，我才知道我妈是一个强烈的自由主义者，刺儿头，充满了七十年代的反骨精神。即便如此，在我心里，她也比无聊老师和惺惺作态的母亲大人们高尚。因此现在，我心里有种反转再反转的复杂心情，当老师们都在鄙视堆堆袜时，我不希望自己的母亲也这样。

"对，对，我也这么想，穿上堆堆，上下比例更协调，而且史密斯堆堆质量最好。"

"唔，但是社会上不这么看。就算你竭力主张堆堆袜是充满合理性的好东西，就算它很实用，也很漂亮，但是人们依然会越过表面，寻找它象征的内涵。人们会觉得，你穿了堆堆袜，就是不良少女。"

"没想到连妈妈都否定堆堆，真没意思。"我吐露心声。

镰仓家的客厅里，有我上小学前画的正统水彩画，一旁是达利的版画。这里也有盖屋时就设置好了的书架，放着平凡社的百科事典和各种画册，与书库、走廊书架和父母各自书房里的藏书不一样。与之相比，连接着客厅的厨房充满了日常生活的气息，团购来的零食点心，绑成一束的用过多遍的橡皮筋。家里除了母亲从土耳其买的羊毛地毯之外没有高价家具，沙发是从购物中心买的，几年一换。对于这种环境，我的心情在稍稍讨厌和彻底拒绝之间数度循环以后，还觉得挺舒服的。

"不是否定，只是把袜子钉到板上而已。我只是想提醒你，穿它的时候，你得有心理准备。"

"是这样啊。"

"我好歹是家长，要代表你，要负起大人的责任。假如开家长会的时候，大家说起你的堆堆袜，我可不愿意被人误解，好像我什么也没考虑，没教导过孩子。"

"什么意思？"

"如果你想披挂一个老师厌恶的东西上身，那你应该同时展示一个老师喜欢到流口水的东西。你想染辣妹色的头发，那就学习成绩第一名。穿堆堆袜，同时是学级委员。打耳洞戴耳环的话，那就在全国比赛上拿奖。如果你想做前一个，却不愿意做后一个，那你说的话就没有分量，没人会听的。还有，如果你穿了堆堆袜，成绩很糟糕，岂不是更加印证了穿堆堆袜的是劣等生吗？这不是给全日本的辣妹添麻烦吗？反过来，就算穿了堆堆袜，但你是学习成绩第一名，那么老师也不好全盘否定了，对不对？"

经过母亲此番说教，我穿着史密斯"千八"，同时发挥出固有的学习能力，虽然没能全科领先，至少在三门课上保持了全年级第一的成绩。现在想来，与其为了穿堆堆袜而勤奋，还不如轻松些，穿不起眼的衣服，看看电影算了。可是对当时十四岁的我来说，为了穿堆堆袜，彻夜学习也不觉得辛苦，因为堆堆袜是我那时的自我证明，从精神根基上支撑着我的存在。我的精神根基居然是一种当时全日本的女高中生都在穿的史密斯堆堆，说起来挺平庸的，但平不平庸暂放一边，至少我从中学时就会了战斗的姿态。为了自己珍重的东西，我能豁出去。

*

只有一次，母亲明确说过"禁止穿堆堆袜"。那时，我放弃从初中直接升入本校高中，想考一所东京都内校风更自由的男女共读高中。初中三年级下半学期，我决定参加高中考试，距离考试时间不多了，我更加拼命学习想提高成绩，在代代木培训学院的全国模拟考试中，全部学科都取得了全日本前 50 名的优等成绩。套用母亲的理论，我拥有了穿堆堆袜的资格，但不知为什么，她还是不满意。

"从寒假结束到毕业典礼，这段时间麻烦你穿'紧绷绷'[1]。"我刚从冬季集中补习课回来，就被母亲捉住，下了通告。

"为什么呀！"

至今为止我大体上遵循了她的理论。可是，中学时代即将结束，马上就要告别那所女校了，我可不希望最后的日子被'紧绷绷'玷污。

母亲态度非常强硬："这所女校从小学开始，想贯彻如一地把你培养到高中毕业，为此付出了无数精力，而你现在却要抛弃它，换车去其他高中，对吧？那么你应该在最后的日子里

1　作者自注："紧绷绷"就是普通的白色弹力短袜。堆堆袜之外的制服袜的蔑称。

向学校表示敬意。还有，填写内申书[1]的可是老师哦，一个大活人。你究竟是一个向学校表示了最低限度敬意的学生，还是自由散漫掉头想走的学生，老师填写介绍资料时的语气可大不一样哦。等你大学毕业进入社会，会遇到很多事，有时受了委屈也不得不低头，有时为了礼仪，得打扮得很土气，有时为了公司的利益，要做出个人让步，有时你必须做你最讨厌的事。无论做哪一行，这些都是无法避免的，对吧？我现在这样子，好像做的都是自己喜欢的事情，可是，我给别人鞠过躬，穿过土气衣服，对无聊的东西假装过兴趣。我就是这么走过来的。你要成熟起来，这些基本的东西不能不会。"

最终，虽然不至于打开衣柜直接没收我的袜子，但我妈却固守了态度。我放弃了班级飒妹圈勋章的堆堆袜，参加了高

---

1 一种升学就职的参考资料，由毕业学校老师填写，主要内容是学生平时的学力成绩和生活态度。

中考试，离开了那所女校。

考上的那所高中关于着装的校规极其松懈，堆堆袜和辣妹褐色染发根本不算违规，于是我充分享受了堆堆袜和染发，到最后自己都腻歪了。升入高中那年，是 1999 年。夏天到来了，不仅世界末日没有降临，连个令人印象深刻的大事件都没发生。这个时代对我们这些放浪享受着高中生活的女高中生一边表现出拒绝态度，一边慢慢容纳了我们。

脱掉高中制服之后，我不再是只要站在那里就是时代中心的女高中生，也不再是只要穿着制服走路就会刺激某种性癖的女高中生，但我依然想放浪地享受这个时代，所以不仅做了把头发梳得又高又蓬的陪酒小姐，还面不改色出道当了性感艺人。也许因为初中时代母亲的教诲始终回响在我脑海的某个角落，所以我在做陪酒小姐的同时，还是庆应大学的学生，当 AV 女优的同时，也准备了东京大学的研究生考试。

如果阴蒂被割

"你听过这个说法吧？从这里走到镰仓车站的死亡概率，要高于坐飞机去美国。"

我从十九岁开始在横滨独居，一直到现在基本上没回父母家住过。唯独在大学第五年准备研究生考试时，有三个月时间，每天从父母家去大学上课。因为研究室日程安排得很密，也因为我想开车上学。不过从根儿上说，是母亲死缠着让我回去的。那时我离家已经三年，她刨根问底想弄清我身边的所有事。

说到我自己，曾经出演 AV 的事被世人知道，是 2014 年我从报社辞职后不久，由周刊杂志捅出来的。不过，在父母那儿露馅儿，要上溯到四年前的 2010 年初夏，与我有过同居关系的前男友，在脸书上看到我上传了和其他男人的合影，知道复合无望，被激怒跳脚到给我父母发了邮件。

那之前正好是大学的最后一段时光，我在家住得比较久。父母发现了我给一个与 AV 女优有联动的网站写的色情小说连载的校样，以及我在前一个夜总会使用的花名名片。那种状态很微妙，既是"太危险了，就差一点儿"，也是"基本上已经露馅儿了"。为此母亲给当粉红电影[1]导演的朋友打了电话，还给学生时代一起演话剧、后来转入色情行业的朋友打了电话，四处打探，十分忙碌。

然后呢，一个拍过一部比较出名的粉红电影的导演说：

---

1 低预算、小制作规模的软性色情故事片。

"那个时代千奇百怪，乱七八糟，有人吸毒，我拍过一部实验性的独立制作电影，甚至割破了女性的阴蒂。"母亲听完这话，在一个我爸迟归的夜晚，吃完放了大量蔬菜的拉面后，开始找我谈话。我好似没跑掉被逮住的小兔子，摆弄着当时的翻盖手机，假装瞟着一旁并没有重大话题的报纸，听她说话。

"那个人跟我说，你女儿这么个性，又这么出色，当下罕见啊。换成是别人家孩子的话，我可能会这么想。其实我不反感你用文章加入那个世界。可是话说回来，就连那个人也经历过放荡凌乱的二十几岁，明白了如果再在那个世界待下去，人就会崩坏，所以就像逃跑似的离开了，什么电影也不拍了。有一种世界是不能停留的。那种世界，是给只能在那儿生存的人准备的。能在其他世界里活下去的人，如果闯进去，就是无礼捣乱。我演话剧的时候，有一个能和我并肩的美人，我有演技，她有存在感，正好是对立两极。她没有父母，智商连 100 也不到，但最终我觉得自己比不过她。你呀，如果进了那个世界，被哪个吸了毒、神志不清的男人割了阴蒂，我和你爸爸不会找他打官司的，告诉你，我们可不做那种绕远的事。"

实际上，文章算什么呀，那时我都快 AV 隐退了。我用自己的身体逗弄过男优的身体，踹过他们的蛋，往摄影机上撒过尿，反过来被滴过蜡。哎呀妈妈我早就走远了，远到你的想象根本触不可及，都到这一步了，你想让我怎么办？但在那个谈话气氛下，这些话当然说不出口。察言观色之后我闭上嘴，什么也没说。母亲不是那种会为女儿哭泣的人，至少没有当面哭过。有时情绪亢奋也许泪花闪烁，也显然是被气出来的泪，或者眼睛随着亢奋声音做出的自然反应，就连这种泪，也都在流到脸颊之前被她吞掉了。这次也一样。

说老实话，七十年代软色情电影的拍摄现场，和我当时所经历的，完全是两种性质的东西。唯有这个我想向母亲解释一下。现在想来，这两种东西没什么差别。只是当时我不懂。

饭已经吃完，母亲没有收拾，也没有像往常那样坐到客厅的沙发上，只一动不动地坐在餐桌前，视线在电话、我和厨房之间来回转换，继续说话。

母亲在掏心掏肺，毕竟我不是薄情的女儿，不可能不为之所动。对我来说，在这所红砖房子里坐在古董木餐桌前听我妈训话，与从下北泽公寓到银座夜总会上班或去池袋附近的 AV 摄影室，是完全不同的两种东西，过去并没有发生矛盾，共存得很好。但母亲现在严厉指出这种共存实为妄想，而我哪边都不想抛弃，所以，母亲、我以及矗立在餐桌旁巍然不动的房柱，于片刻间陷入了沉默。

"那个，是很早前写的。"

我觉出沉默对自己没有好处，就先开了口，自我辩护似的说了一句不成借口的话。母亲就像被我的话推动了，开始收拾桌上餐具，在厨房和餐厅之间走了两个来回，把电热水壶里的沸水注入茶壶，端着回到我面前。

"我都明白的，危险的东西反而充满诱惑美。还有，你健康无忧，所以想把自己逼到极限做自我破坏。正因为你很聪明，所以想逃离一帆风顺的未来，这些我都能看出来。我自己家是开花街旅馆出身的，我在美女咖啡馆里打过工，跟着剧团演过戏，你以为这样的我没有资格告诉你什么才是绝对性的正确吗，没有什么相对的正确，正确的事就是正确，强大有力。麻弥的妈妈可以说，我就不能说吗？"

*

麻弥和我同岁，和我上了同一所私立小学，她家和我家隔着一条河，位于稍微下游的地带，和我家差不多一样大。母亲总是很没礼貌地把麻弥妈妈说成是"完美的专业主妇"，每逢说起什么，就用人家举例。麻弥妈妈是高级官员家庭出身，长辈是农林水产省的官僚。麻弥妈妈从学习院[1]毕业后，在三菱系列的公司稍微工作了一阵子，二十四岁时就嫁给公司里升迁有望的精英。她精通茶道，会弹古琴，每天开车把女儿送到小学门口。

我们家贪小便宜，总是蹭麻弥家的车，不仅老是把她妈妈手作的红茶蛋糕吃得一干二净，甚至拿来招待来访的出版社编辑，就好像是我们自己买来的，或是自己烤的。在对话中总把她家当作"理想家庭"表达隐隐贬义。总之，我们这么做了，难免被人家讨厌。

顺便说，母亲在谈话中经常举例的，还有另外两位母亲。

---

1 学习院大学。

一位是江户川女子高中毕业后成为外交官妻子的由美妈妈，另外一位是艾蜜莉妈妈。

艾蜜莉妈妈曾在银座当过女招待，非常年轻时找到金主Papa，洗手不干，充分发挥聪明智慧拥有两栋公寓之后，便和Papa断绝了关系。母亲拿人家举例，当然没有经过本人允许。她每次为了让议题生动流畅，都会拉扯上人家的名字，在人家看来肯定很讨厌。

而且，母亲想错了。"妈妈，无论你过去怎样，现在都在做很好的工作，我很尊敬你，如果我能从你身上继承到什么，我绝对不会浪费的，和麻弥妈妈相比，我更信任自己的妈妈。我掌握了一定程度的学问，还考上了研究生，定然没给妈妈脸上抹黑。不过，这些和色情小说没有太大关系吧？"

趁着母亲倾斜茶壶倒茶，我第一次做出长句反驳。只是母亲泄漏出的情报有限，我摸不到底，话说得有点儿模棱两可。

"再说了，如果我参加的是网球俱乐部，或者棍网球什么的，和医学部男生联谊，你会觉得'啊我培养出了一个优秀女儿'吗？不会吧？如果我像麻弥那样一路升到女子大学，参加的是茶道会，就算挑不出毛病，你也会觉得无聊，对吧？"

"你难道还不明白吗？有时候你觉得毫无关系的两件事，实际上联系最深。你还不明白，因为所在的世界不同，感受不能相通会多么绝望。我过去也不明白，也许只有自己真的碰壁了，才能有所体会吧。但是你要知道，如果你用自己的身体去试验所有不懂的事，你会受伤的。"

大约一个月后，我返回下北泽的公寓，一边写毕业论文，一边想挽救早已过期的 AV 单体演出合同。以前不愿意做的动作，现在都同意了，就那么拍了几部片子，以优秀成绩从大学毕业，解约了下北泽的房子，搬进了位于芝浦的公寓。

上了研究生后，虽然我没有减少收入的打算，但有一天忽然厌倦了色情业。上次离开家后我拍了八部片子，那时第八部刚刚拍完。现在也说不清为什么突然厌倦了，也许因为芝浦岛[1]刚刚建好时的空气太清白正派，也许因为研究生课程太忙了。当我准备离开镰仓家时，母亲是这么说的："被人说成有趣好玩，和被人爱，完全不一样哦，有趣好玩虽然能吸引目光，但我觉得，最多只能维持五年哦。"

1　位于东京都港区芝浦的新兴街区。

混搭装扮的悼念

有时我需要自备演出服，上新闻报道类的电视节目，装模作样地发表意见。出镜时我常穿性感裙子、细高跟鞋，搭配一件西装上衣。节目里我的名牌上大抵写有"前性感女优 / 前日本经济新闻记者"的介绍，为了迎合观众的期待，我用混搭装扮做自我介绍：性感连衣裙和高跟鞋 = AV 女优、西装上衣 = 新闻记者。

母亲去世那天，更准确地说，母亲是于凌晨停止呼吸的，在前一日，我正好要上某网络电视的直播节目，针对"制作公司强迫 AV 女优演出问题"发表意见。所以我把看护的事交给父亲，提前离开医院去了直播室。为了短短 10 分钟的出镜，花了整整 1 小时化妆。为了短短 10 分钟的出镜，花了 20 分钟与工作人员商量演出细节。在短短 10 分钟里，我以前 AV 女优、现作家的身份说了"唉，说服和洗脑的界线很难划分"之类的不负责任的话，10 分钟后演出结束，我在回公寓的出租车上接到父亲电话，母亲病危了。出租车即将拐到通向我公寓的靖国路时，我赶忙让司机掉头，匆匆去了圣路加医院。

圣路加医院在假日夜间也可以顺利探望住院病人，我和往常一样领了入馆证，快步走过病区走廊。

平时需要自备服装上节目时，我一般穿着卫衣和牛仔裤，把演出服用纸袋带过去。那是 6 月的一天，连衣裙外穿一件上衣的打扮再合适不过，所以我从电梯里出来、走进顶层缓和治疗病区时，正穿着一件纯白西装上衣，里面是非常低胸的连衣裙，脚穿一双防水台稍厚的细高跟凉拖。时间已经是晚上十点，我这身不合时宜的装扮在只有护士和重症病人家属匆匆走过的走廊里焕发出了异样光彩。

　　要知道，我平时宅在家里，或和朋友唱卡拉OK时，经常是居家休闲打扮。偶尔去歌舞伎町某酒场出勤时，是格外露骨的性感装束。幸好不是在那种时候接到父亲的电话。现在我让稍微旧了的高跟鞋发出昂扬的嗒嗒声，走进病房，一身的打扮整洁而精致，我感觉自己很幸运。

*

　　父亲哭泣着呼唤母亲，母亲陷于昏迷状态，只偶尔稍微反握一下父亲的手，翕合着嘴巴，眼睫微微颤动几下。5小时后母亲死了。这是我第一次看到人走向死境。父亲呜咽着回忆

233

从前的家庭情景，不小心说出："我们住在伦敦时，小碧（凉美的真名）上小学，那会儿她多可爱啊，可每次你都要反驳我，说还是现在的小碧可爱百倍。"

我也听母亲这么说过。我父亲可以说是一个喜欢拈花惹草的人，比起父亲，母亲更为我在青春期之后的行为举止而忧心纠结。何止忧心，她一直在悲伤哀叹，并态度坚决地否定了我，从未妥协过。直到她吸入最后一口气停止呼吸，也从未原谅过我。她为自己是教育者却培养出我这样的女儿而内疚，而羞耻。

同时，比起幼童时代可爱的我，她更爱长大之后放浪形骸的我，一直一直爱着。一边否定我，一边爱我，爱我却不原谅我，这就是母亲的一贯态度。她始终保持着一种自信：自己培养出的女儿能够理解这种爱与否定同行、即使深爱却绝不原谅的态度。所以在我看来，母亲用语言和态度尽情侮辱了我，

234

也尽情疼爱了我。

母亲这句"还是现在的小碧可爱百倍",还有一句配套使用的话,那就是"你要记住,有些东西你要背负一生,你没有权利放弃,也没有权利忘记"。刚进缓和治疗病区时,母亲经常说这句话。那会儿止痛剂的影响还不太明显,她说这话时,表情不动,呼吸也平稳。

"如果你是诈骗犯或者恐怖分子,所有人都在谴责你,我会把你当女儿时的优点放在心里,相信你,守护你。可你若是当了 AV 女优,我就失去了要坚守的全部。我以前说过这话,你还记得吧。那种贩毒分子,或者用罪恶经商手段牟利的丰田商事之类的公司,干完之后手边只剩了钱,难道他们持续赔偿就能抹消从前吗?这种或许能做到吧。而你拿着自己的身体和女性身份到处贩卖,也许赚到了钱,也许卖掉了什么东西,但是你的身体和女性身份和卖之前是一样的啊,一直在你手里,并没有转手给别人，所以我觉得这些一生都不会消失。"

　　母亲的病房里放着出版社编辑送来的最后一本书的原稿校样，还有加急做好的书籍样本。母亲已经坐不起身了，依旧把一些书和电脑带到了病房。母亲在御茶水时的初中高中同学，以及 ICU 时代的学友们带来点心和鲜花，她们和母亲说不了很多话，却经常过来探望。缓和治疗病区的医生问母亲还想活多久，对这个无法作答的提问，母亲很大气地回答："再有两周时间，我就能做完一项工作，两周足够了。"然而那时身体已经不能如她所愿，母亲最终什么也没做成，只度过了病痛的两周时间。

*

　　"身体和内心都是不能交换的呀。"

236

也许母亲意识到自己时间已经不多，说了一些比以前更直率的话。

"我之所以无法原谅你，是因为我爱我女儿，非常爱，爱得停不下来，你伤害了我女儿的身体和内心，还无动于衷。你为什么欺负我女儿？"

"我女儿通往幸福的路原本无比宽广，现在却被你堵窄了。"

母亲说着这种话，也和我一起考虑第二天上电视节目穿的衣服，看着我在病房里化妆，告诉我这里那里应该怎么处理，还对我说："我很幸福啊，养育出了一个好女儿。"

看着现在即将停止呼吸而离去的母亲，看着不停呼唤母亲的父亲，回想着母亲的话，我有些理解了自己的感情。我的经历上过周刊杂志和电视八卦节目，不知为什么，有人看过之后反应过度，对我表示拥护赞同，这都让我觉得恶心。有些人对我的经历表示肯定，莫名其妙地褒扬我，我不信任这些人。

母亲那么用力地爱着我，她坚决地否定了我，不原谅我，始终斥责我，说我在自我伤害，在剥夺自己本会简单获得的幸福。母亲已经用她的生命教我明白了这些，所以，我觉得那些轻易褒扬的人恶心。

对了，母亲去世后的第二个月，我又有一次上电视的机会，还是对"强迫 AV 女优演出"的问题表达意见。有人说："当然，AV 女优里面也有铃木小姐这样充满自尊和自信的人，这是非常好的事，点点点，省略号。"我在心里回怼这位善人："有个屁自尊自信。"

有的人也许充满自尊自信，有的人一心只为了钱，有的人是想当"与众不同小女孩症候群"患者，有人年少轻狂，有人被怀疑是性瘾症也不奇怪。这其中很多人，心里既有堕落的快感，也在忍受堕落之境和白昼阳光世界的矛盾纠结、忍受自己无法更换的肉体，她们有时对一些事表示愤怒和谴责，有时圆融而巧妙地找到自洽。她们之所以看上去凛凛然，同时悲壮苍凉，仿佛在和什么搏斗，都是因为她们正走在上面这些行为的途中。所以我觉得她们只要聪明而机巧地活下去就是好的。从根本上说，无论是接受了周刊杂志悲情四溢采访的 AV 女优，还是面无耻色在履历里填写"前 AV 女优"的我，都差不多。

我穿着黑连衣裙和纯白西装上衣，用母亲厌恶又深爱着的我的身体，为母亲擦拭了身子，剃去她死颜上的细小汗毛，用手边的化妆品为她化了美丽的妆。我穿着西装上衣，胳膊有些活动不便，若只穿无袖连衣裙，又着实太冷了。

写　　　　在　　　　最　　　　后

既不是鬣蜥，也不是人

如果有人认为我是在父母的理解包容下长大的，我会觉得闹心。

不光我这么想，生于还算通情达理家庭的人自由任性地长大，就会经常遭遇这种误解。有人说：“你的父母那么包容，真羡慕你。”如果他们暗中认为我与那些生于恶劣的原生家庭之人相比没经历什么挫折，我会感到惊讶和失望。要知道，圆满会导致种种束缚，爱亦能催生种种恶心。

以前我爸曾经给我发过一封邮件：“你妈妈之所以厌恶死

了陪酒小姐之类的工作，可能是受我的影响，因为我过去经常找小姐陪酒，对你妈妈感情不专一，这倒给你添了麻烦。"而我妈也曾说过："我自己家是开割烹旅馆和料亭的，我从小在那种地方长大，卖笑生意多么肮脏，又多么迷人，我见得太多了。你算什么呀，我懂得比你多多了。"总之，在我从十八岁到三十二岁的这十四年里，我在母亲眼里一直带着双重性身份，既是她深爱的女儿，也是她痛恨又厌恶的人。

"有包容力"，如果单谈字面意思，母亲和这几个字毫不沾边。她心底的愤怒不平里，有对陪酒女的厌恶，因为她们勾引了我爸；也许还有对料亭卖笑生意的抵抗，因为她从那里出生；最根本的，是我——一半是她创造出的女儿，竟然主动走入她厌恶的地方，选择了她厌恶的行业。她哪里谈得上包容，她根本无法理解。

母女关系不同于恋人关系，恋人可以因为互相理解而在一起，也可以因为无法理解而相互吸引。母女关系里不存在这种舒适的理解，更是无数纠结心情的连续——有些事情想控制，却控制不了，从而心生恐惧；有些事情想去倾注爱意，却苦于无法理解。如果是朋友身份，也许能在一旁微笑着欣赏，但身陷其中的人做不到。如果只是朋友，也许不会想那么多，但身陷其中的人却会一直想下去，不能暂放一边保持来往，也不能永久性地斩断抛弃。

　　深夜我在网上胡逛，把去年穿过的衣服放到二手网上，这些衣服看上去廉价得要命，价格却高得要命。一下子收到很多女孩的评论，一看就知道她们最爱穿这种外观廉价得要命的衣服。她们没有礼貌，笨拙傻气，还自以为是，说话语句不通，颠三倒四。点开她们的页面，一堆廉价得要命的衣服里混杂着大量小孩衣服，面包超人图案的童袜，带着熊耳的婴儿帽，有尺寸是 90 厘米的卡通人物图案的连体衣 [1]。

　　她们是流里流气的妈妈，在二手网上对素不相识的摊主说"早沉好↗"，卖二手的页面上婴儿围嘴旁挂着夜总会裙子。我能想象，在孩子长到她们现在的年龄之前，她们要付出削肉剔骨的努力，忍受削肉剔骨的痛感，被憎恶和爱这两种感觉撕裂着。依赖着这种撕裂，与女儿共同度过一段人生，嫌女儿烦，也能从厌烦里找到踏实感。我以前不是这么想的。过去坐飞机时我忍受不了婴儿的哭声，去烧肉店如果身后坐的是带小孩的家庭，我会让店员帮我换桌。就算是现在，我对别人的孩子没兴趣，也感觉不出可爱，但遇到带着孩子的父母时，从前我会冷笑着轻视，现在不会了。

　　无论是休息日结束后让母亲开车把自己送到歌舞伎町夜

1　大约是五六个月婴儿的尺寸。

总会的女子大学学生，还是在社交媒体上展示亲妈照片的 AV 女优，抛弃了农村老家绝口不提母亲的风俗女，口口声声说想杀了母亲的性感女主播 [1]，都在烦恼自己既是女人，又是谁的女儿，都对自己的母亲或多或少怀有复杂感情，因为母亲虽是母亲，也是女人。人都是这样的，只是表达手段不一样，有人轻快明亮地说出来，有人使用攻击性的语言，有人闭口不说，心藏沼泽。

　　虽然各有各的不幸，却没有惨到灰姑娘的程度，这是我们的宿命。我们总是想着要去正视，同时一次又一次往后拖延，这没什么不好的。一次又一次的拖延导致的难言烦躁和孤独，与正视时必须承受的麻烦劲儿，具有同等价值。

1　作者自注：不禁感到新时代已经到来，女人不用出房间，也能出卖自己的女性身份了。

*

母亲具有个性又出挑，小时候我为之烦恼。十几岁时，我觉得自己不和母亲沾边也能活下去。二十几岁时我想通了，重新觉得自己很幸运、很幸福。就这样，母亲没有把我抛弃在夜晚黑暗的路边，也没有让我吃毒苹果，她带着我去了无数美术馆，游玩了很多国家，把我拉进无数激烈争论中，一起生活了这么多年。

病床上，不再呼吸的母亲那么宁静，也好似轻皱着眉头，嘴巴微微张着，脸颊渐渐覆上了死色。那张脸当然不是鼹蜥，所以我身上的咒缚并没有全部解开，母亲至今仍然用她的空缺彰显着存在感，与我同在。只是从前她那么喜欢使用语言，现在失语了，让我感到无比遗憾。

*

我以看护母亲为借口拖延了本书的写作进度，在此对毫无怨言、始终静待的幻冬舍编辑小木田顺子女士表示最衷心的感谢。

作 者

铃木凉美

　　1983 年生于东京。本科就读于庆应大学，硕士就读于东京大学。2009 年成为新闻记者，2014 年辞职并全职写作，已出版作品《始于极限》《我的书架》《资优》等，连续 2 年入围日本最高文学奖芥川奖。

译 者

蕾 克

　　生于北京，现定居东京。熟稔日本文化、艺术美学，给国内多家时尚和亚文化杂志供稿，关注风格与美学。译著有《老妓抄》《花束般的恋爱》《往复书简：初恋与不伦》《闭经记》等。

有些事情想控制，

却控制不了，

从而心生恐惧；

有些事情想去倾注爱意，

却苦于无法理解。

一頁 folio

始于一页，抵达世界

Humanities · History · Literature · Arts

Folio (Beijing) Culture & Media Co., Ltd.

Bldg. 16-B, Jingyuan Art Center,

Chaoyang, Beijing, China 100124

出品人	范 新
品牌总监	恰 恰
特约编辑	徐 露　赵雪雨
营销总监	张 延
营销编辑	闵 婕　许芸如
运营总监	戴学林
新媒体	狄洋意
版权总监	吴攀君
印制总监	刘玲玲

官方微博：@一頁 folio | 官方豆瓣：一頁 | 联系我们：zy@foliobook.com.cn

一頁 folio
微信公众号